少年陰陽師
しょうねん おんみょうじ

少年陰陽師 伍拾伍

祈願之涙

まじなう柱に忍び侘べ

「少年陰陽師」出場人物介紹

【京城寢宮】

脩子

內親王，曾因神詔而長住伊勢。年紀雖小，卻是個聰明的公主。

彰子

左大臣道長的大千金，擁有強大靈力，現改名為藤花，服侍脩子。

風音

道反大神的女兒。原與晴明為敵，後來成為昌浩等人的助力，現以侍女「雲居」的身分服侍脩子。

藤原敏次

比昌浩大三歲的陰陽生，是最年輕的陰陽得業生。

【冥府】

冥府官吏

守護三途川的官吏，神出鬼沒。

榎岦齋

安倍晴明的朋友，原是個陰陽師，現在替冥府官吏做事，待在夢殿。

青龍	木將，四鬥將之一，從很久以前就敵視紅蓮。	天空	土將，外貌是個老人，統領十二神將。
六合	沉默寡言的木將，四鬥將之一，非常保護風音。	天后	水將，個性溫和、身段柔軟，隨侍在晴明身旁，照料晴明。
朱雀	與紅蓮同為火將，是天一的戀人。	太裳	土將，個性沉穩，昌浩小的時候，隨侍在成親身旁。
天一	心地善良的土將，朱雀稱她為「天貴」。	白虎	風將，體格魁梧壯碩，有時會採取肉搏戰。

【安倍家】

安倍昌浩

十八歲的半吊子陰陽師。
擁有強大靈力，陰陽師的才能在安倍家也是出類拔萃。
最討厭的話是「那個晴明的孫子!?」

安倍晴明（爺爺）

絕代大陰陽師，是昌浩的祖父。
身上流著天狐的血。
有時會使用離魂術，以二十多歲的模樣出現。

吉昌

昌浩等人的父親，天文博士。

成親

昌浩的大哥，是陰陽博士。
與妻子篤子之間有三個孩子。

露樹

疼愛昌浩等孩子的母親。

昌親

昌浩的二哥，是陰陽寮的天文得業生。

【十二神將】

紅蓮

十二神將中最強、最兇悍的鬥將，又名騰蛇。會變成「小怪」的模樣，跟在昌浩身邊。

小怪（怪物）

昌浩的最佳搭檔，長相可愛，嘴巴卻很毒，態度也很高傲，面臨危機時會展露神將本色。

勾陣

土將，四鬥將之一，通天力量僅次於紅蓮。

太陰

風將，外貌是約六歲的小女孩，但個性、嘴巴都很好強。

玄武

水將，與太陰同樣是小孩子的外貌，但冷靜沉著。

大磐石是岩門。
遮蔽陽光的岩門被開啟了。

1

雷鳴低沉震響，紅色閃光瞬間劃破烏雲，竹三条宮的侍女被嚇得瑟縮起來。

劇烈的雷聲很嚇人，雷電也很可怕。那道紅色閃光好像會劈落下來的恐懼就不用說了，還有被俯視偷窺的感覺，令人畏怯。

「我受夠了……」

雨下個不停，雷聲不分晝夜震響，她好幾次目睹紅光劈中某個地方。

下次會劈中哪裡呢？說不定是這裡。

跟她一起工作的侍女們，身體都有些不適，一個接一個開始咳嗽。

下次會是誰呢？說不定是自己。

她淚水盈眶，慌忙用袖子擦拭眼角。

跟她交情很好的侍女，剛剛過世了；跟她情投意合的男僕，也因為咳嗽的疾病，臥床不起。

這種時候應該成為所有服侍者的心靈支柱的命婦，也一直臥病在床。

身為宮殿主人的公主的隨身侍女們，也都窩在侍女房。從那附近經過，就會聽見含混的咳嗽聲。她們努力憋住咳嗽，外面卻還是聽得見。
侍女好恐懼、好悲傷，淚水無論如何擦拭還是不停湧出來，只能一再擦拭。
咳成那樣，一定沒救了。也許下次、或下下次，在不久的將來，她們也會大量吐血斷氣身亡。
說不定公主殿下也已經……
新的淚水盈溢。侍女在淚流不止中，輕按嘴角。
「咯……」
侍女吃驚地看著自己的手。
自己剛才咳嗽了。
「咦、咦，這是……」
淚水從茫然大張的眼睛裡落下來。彷彿以此為信號般，瞬間湧上強烈的咳嗽。

尖叫聲響起。
連端坐在內親王脩子床邊的安倍晴明，都滿臉驚訝地眨了眨眼睛。
「剛才那是……」
《好像是有個侍女發現自己得到了咳嗽的疾病。》

回答的是待在主屋屋頂，隱形監視周遭的十二神將天后。

「這樣啊……」

深深嘆息的晴明，欠身而起，把床帳稍微挪到旁邊，往裡面瞧。

從稍微敞開的縫隙，可以看到臥床的脩子的模樣。她的臉消瘦憔悴，蒼白得像張白紙。剛才晴明曾把手伸到她微張的嘴巴上，確定她還有微弱的呼吸。現在蓋在她身上的外褂的胸口處，也微微上下起伏，證明還是有呼吸。

晴明才剛到達竹三条宮沒多久。他被直接帶到主屋後，立刻清除在主屋與廂房各處沉滯的邪念，在主屋的四個角落與床的四周豎起小小的驅邪幡，布下兩道結界。

除了圍繞整座府邸的結界外，還有新布設的雙層結界守護著的脩子，身旁一直有道反的守護妖嵬陪伴。

要說這隻烏鴉是在守護脩子，還不如說是在守護把脩子的魂綁在宿體裡的風音。

再厲害的守護妖，似乎還是有體力、妖力的極限，看到回來的晴明，就稍微收起了翅膀。

現在蹲坐在脩子枕邊，垂下眼皮，打起了瞌睡。

「……」

晴明悄然苦笑，沒想到那隻烏鴉會如此疏於防備。

那模樣就像一隻普通的小烏鴉，如果平時都是這樣，六合就不會吃那麼多苦頭。

待在道反聖域的六合，直到現在都沒有醒來的消息。目前戰力不足，晴明希望他能早日康復歸來。

把床帳拉回原處，在蒲團上坐下來時，掛在脖子上的數珠發出微弱聲響，那是唸過好幾道咒語的數珠。平時，晴明不用靠這種東西，也能祓除纏繞在自己身上的陰氣，但是，現在不能把力氣浪費在那種事情上。

冷風吹來，晴明皺起了眉頭。感覺這股尋常的風，微微透著黃泉的瘴氣，即使布下幾層結界，陰氣的風還是會這樣吹進來。

在陰氣充斥的人界，很難徹底阻斷陰氣的侵入。

晴明在胸前雙手合十。既然不能阻斷陰氣進入，只能在進入的同時驅逐。

晴明挺直背脊，調整呼吸。若是靠自己的力量，會耗盡氣力、靈力和生命力，這樣不行。

必須向神祈禱，請神保護這座宮殿、保護內親王脩子的生命。

「謹請坐鎮高天原之神……」

◆ ◆ ◆

精神不濟的道反守護妖嵬，不知不覺陷入了深沉的睡眠中。

沒多久，發現自己正跟同胞們，守護著才出生四年的小公主玩耍。

『怎麼作起夢來了？』

嵬自己都感到驚訝。現在不是悠哉作夢的時候，怎麼可以鑽進這麼令人懷念的日子裡。

道反聖域非常遼闊。喜得公主的道反大神，打造了整年花朵盛開的原野，和小鳥啁啾的森林。

陪玩的守護妖們，隨時提高警覺，以免公主發生危險。

待在這裡，理應沒有任何危險，然而——。

『……』

垂頭喪氣的嵬，突然憤怒地張大眼睛，想到這難道也是黃泉的陷阱？

把自己拖進會想永遠沉浸其中的幸福的夢裡，心就會停止思考。黃泉之風就會趁機吹進心的空隙，化為疾病，侵蝕身心。

嵬啪吵拍振翅膀。

『我才不會上當！』

瞬間，環繞嵬周遭的情景都消失了，轉換成一整片的黑暗。

『看吧，我就說嘛。』
也不知道在向誰炫耀的蒐，忽然察覺到風，疑惑地偏起頭。
『嗯……？』
不知從哪吹來的強風，不屬於人界。
蒐知道那是從黃泉直接吹來的風。
難道是哪裡被鑿開了黃泉的瘴穴？如果是，必須盡快堵住，否則會發生大事。
不，說不定已經發生了？
在夢中東張西望的蒐，大腦裡突然響起一個聲音。
《……蒐……蒐……》
聽到風音的聲音，烏鴉驚訝地環視周遭。
『公主？怎麼了？』
《蒐，聽我說……岩門……打開了……》
烏鴉在黑暗中定睛凝視，卻怎麼也找不到風音的身影，只有聲音傳來。
蒐露出嚴峻的眼神，盯著虛空。
『岩門……？』
《是的……岩門，有人打開了隱藏光芒的岩門。》
『公主，那是什麼意思……啊！』
赫然瞪大眼睛的蒐，閉上嘴巴思索。這裡是夢裡，是夢殿。

這裡有神、有妖，也有死者。在盡頭與根之國底之國相連的這個夢殿，不能把話說得太清楚。

《很多光芒從那後面跑出來了。》

『很多……？』

風音繼續對疑惑的嵬說：

《是的，被風奪走的很多光芒，那之中一定有……》

嵬的眼睛亮了起來。它知道了，岩門就是黃泉的出入口。

指的是位於某處用來封閉黃泉入口的大磐石，就像位於嵬出生的道反聖域的那個黃泉出口的大磐石。

那麼，光芒一定是指因咳嗽的疾病而脫離身體的魂。變成蝴蝶模樣的魂虫，就是閃爍著白色光芒。

死了很多人，代表有很多的魂虫被帶去了黃泉。

《光芒會回到這裡……》

原來如此，意思是從黃泉逃出來的魂虫們，會飛向原來的世界。身為天照大御神分身靈的內親王脩子的魂虫，也在那許許多多的魂虫裡。

《嵬，在她又被抓走前，把她找出來……》

黃泉大軍不可能放過逃出來的魂虫。

剎那間，嵬感覺不知從哪吹來的風裡，突然出現無數的波動，那是不可能出現在夢殿的魂發出來的波動。
可以清楚感覺到，緊跟在那之後冒出來的強烈妖氣，正捲起漩渦移動中。
嵬張開雙翼。
『我知道了，公主！交給我吧！』

◆　◆　◆

「……天津神國津神……」
強烈的拍翅聲鑽入正在唸祝詞的晴明的耳裡。
他不由得望向公主的床，看到嵬撥開床帳跑出來。
「嵬大人？」
烏鴉回頭看著詫異的晴明，勃然瞪大眼睛說：
『安倍晴明！我這就聽從我家公主的命令，去把內親王的魂找回來！』
它從主屋走到廂房的步伐超大，對晴明的說明也顯得很急躁。
『公主暫時交給你，你拚了命也要保護好她！』
要不然，你就準備跟所有道反的守護妖為敵！感覺它接下來會這麼說而被震懾住的晴明，老實地點點頭。

「好，我知道了。那麼，嵬大人是要去哪裡？」

正要起飛的烏鴉，猛然回過頭說：

『我要去這道風的出口！有人打開黃泉的岩門，解放了被囚禁的魂虫！』

半憤怒半撂話的嵬，氣勢洶洶地衝出木門，飛向了雨中。

事情發生得太突然，晴明也被攪得啞然失言。

岩門？是指道反聖域的那個大磐石嗎？

晴明反射性地這麼想，但是，很就就否決了這個想法。

嵬是說有人打開黃泉的岩門，解放了魂虫。

位於道反聖域的是黃泉的出口。

本身就是大磐石的道反大神，擋在黃泉津比良坂的出口。道反女巫和守護妖們，從神治時代就守護著隱藏那個大磐石的聖域。

如果被囚禁的魂虫們設法逃出來，逃到了黃泉津比良坂的出口，道反大神會親自為他們開啟大磐石吧？然後，道反女巫和守護妖們，應該會把魂虫們藏匿在聖域。

如果是那樣，晴明也會收到什麼消息。

既然沒有，可以推斷這次被開啟的門，是不知道在哪裡的黃泉入口。

但是——。

「黃泉的……」

黃泉的入口是在死亡之國，是在充滿死亡的黃泉之國。

既然是有人開啟入口的岩門，解放了被囚禁在黃泉的魂虫，那麼，那個人應該會被噴出來的濃密陰氣吞噬，轉眼間被削去所有生氣。

那樣還能活著嗎？

「……」

意識到問題所在的晴明，臉頰逐漸失去血色。

完成那件事的某人，為什麼可以到達黃泉的入口？

那個人暴露在黃泉的陰氣裡也能保持清醒，站在死亡之國的入口處。

就晴明所知，沒幾個人能做到這種事。

「把岩門打開了……？」

喃喃自語的晴明，打從心底發涼。

究竟是誰——。

◇　◇　◇

雷鳴轟隆震響。

播磨國赤穗郡菅生鄉被妖魔攻擊後，經過整整一天了。

借用氏神的力量，勉強救了親人和同胞的小野螢，一直躺在鋪在自己房間裡的墊褥上，沒有清醒過來。

燈台被點燃的亮光，把屋內染成一片橙色。

為了呼吸順暢，姥姥讓螢側躺，螢的神情看起來只像是睡著了。她閉著的眼睛，不曾張開過。在火焰顏色的照射下依然格外蒼白的肌膚，像極了死人，呼吸短淺又十分緩慢。

為了不讓螢的長髮散開，姥姥幫她綁起來放在旁邊，再大大敞開她的單衣衣領，往下拉到腰部。

裸露的背部密密麻麻貼滿了止血符。智鋪祭司造成的刀傷，完全被符蓋住了。從肩膀直直撕裂到腰部的傷口，又長又深，需要好幾張符才蓋得住。

蓋住刀傷的符是用墨水在白紙上寫字，字與字之間很快就被血染紅了。血又快速擴散，把白紙染成紅色。

陪在墊褥旁的夢見師姥姥，撕掉吸滿血後不堪使用的符，用布擦掉血，再邊暗唸咒語邊重貼全新的符。

一直陪在螢身旁的夢見師姥姥，從昨天就不斷重複做著這件事，不曾闔眼。
剛剛才換過的符，又被血染紅了。
即使這樣不斷換新符、重新唸止血咒，經過一段時間還是會滲滿血，不堪使用。
「……」
默默伸出手的姥姥，露出嚴峻的眼神。
換符的間隔時間越來越短，顯示止血術越來越難奏效了。
把撕下來的符揉成一團丟進梳妝箱的姥姥，轉向背後的木門說：
「把這箱拿走。」
姥姥身旁的箱子，塞滿了被血弄髒的符。
「我要開門囉。」
木門悄聲開啟。從縫隙躡手躡腳進來的，是拿著空箱子跪行的比古。
吹進來的風，吹動了擺在姥姥附近的燈台的火焰。
聞到瀰漫屋內的鐵臭味，比古的表情有些憂愁。那是從塞滿箱子的廢棄的符和螢背部的傷口，散發出來的血腥味。
「這……樣……」
這樣大量失血，恐怕活不下去吧——比古把這句反射性衝到喉嚨的話，硬生生吞了下去。
「都徹底燒毀了吧？」

這麼問的姥姥，聲音嘶啞。

跪著的比古把視線朝下，以免看到裸露肌膚的螢，用手摸索著把箱子拉過來，邊與空箱互換邊回答：

「放心，我會看著它們燒成灰。」

「拜託你了。」

比古點點頭，抱著箱子離開房間。

在關上木門前，他越過姥姥的背部，偷偷看了螢一眼，發現螢的表情與他想像中相反，非常平靜。

比古心中發涼。表情沒有因為疼痛、難受而扭曲變形，是因為已經沒有感覺了。

姥姥回頭看被比古很小心不發出聲響關上的木門，發出沉重的嘆息。

「……」

剛才門被打開的一瞬間，室內空氣流通了。

為了治療背部傷口而裸露在外的螢的肩膀都冰涼了。

姥姥邊更換不斷滲出血來的符，邊顫抖著嘴唇說：

「妳一定很冷吧……」

她好想把衣服披在螢肩上，即使是一會兒也好。但是，連輕薄的衣服的重量，都會對現在的螢造成負擔。

身為螢的現影的夕霧，不在這裡。為了重新架構守護鄉里的結界，他正跟族人一起在邊界跑來跑去。
他會拋下這種狀態的螢出去，想必是知道螢會希望他這麼做。
姥姥深深嘆口氣。
在菅生鄉，處處可見黃泉之風留下來的陰氣沉滯。丟著不管，會凝結成為邪念。找出那些邪念逐一淨化的工作，或許會耗費超越想像的勞力。
然而，不容許任何疏漏。只要殘留一絲絲的沉滯，即使布設新的結界，也有從那裡被摧毀的危險。
在智鋪眾當中，有力量足以破壞結界的術士，本領相當高強。鄉里的陰陽師團結起來，也不知能否阻攔他。
對手不是一般人，擁有的靈力和本領足以破壞環繞菅生鄉的結界。
昨夜平安度過了一晚，但是，今晚未必能這樣。鄉里的守護神菅原道真神，依然不見蹤影。如果敵人現在再度來襲，恐怕會陷入險境。
為了重新布設更堅固的結界，鄉里的所有陰陽師幾乎都是不眠不休。
算是鄉里的客人又身受重傷的比古，會在這裡燒不堪使用的符，純粹是因為人手不足，而他自己也希望能幫上什麼忙。
在首領府邸的其他房間，山吹和其他府邸的人，正聽從長老們的指揮，為螢製作止血符。但是，光靠他們，人手不足，聽說鄉里的老人和婦人們也都加入了輪替的行列。

螢拚命守護了鄉人，現在換鄉人守護螢和鄉里。

年幼的下任首領時遠，應該是待在只准首領進入的密室。

今天早上冰知醒來時，知道螢的狀況，就力排府邸所有人的阻攔爬起來，說要把下任首領時遠帶去府邸深處。

姥姥允許了。

這座府邸的深處，有間只有首領才能打開的房間，裡面有供奉小野家氏神的祭壇。

只有首領、少數親信、負責傳承的長老們，知道這個祭壇的存在。

這個只有首領可以打開的房間裡有什麼，螢在時守過世後也被告知了。當時不在場的夕霧，在洗清冤枉歸鄉後也聽說了。

時遠長大成人後，長老們也會把密室當成首領繼承的事項之一轉交給他。

然而，目前的狀況等不到那時候了。最糟的狀態，說不定時遠現在就會繼承首領的位子。

在鄉里守護神大自在天神消失的現在，能祈求的可靠保佑，只剩下密室裡供奉的一柱神。

時遠現在恐怕正全力向小野氏神祈禱，祈求祂能讓螢活下來。

心繫於府邸最深處的姥姥，表情抑鬱，沉重地低喃：

「希望他的願望能夠實現……」

有多種面相和身分的小野家氏神，不喜歡違反這個世間的條理。

倘若螢的天命到此為止，那麼，不管怎麼祈禱，祂都不會聽吧。

姥姥低頭看著沉睡的螢的側面，嘆口氣，感覺頭有點暈。她的靈力和體力都快耗盡了，是靠意志力強撐著。

刀傷出血不止，是因為黃泉之風和妖氣從傷口進入了體內。可以說是生命源頭的血一流光，就只能面對死亡了。

黃泉之風會加速宿體的死亡，攫住生命，很快送往根之國底之國。

從昨天開始不斷對螢施加止血術的姥姥，滿臉倦色地咬住嘴唇。

她把螢冷得像冰一樣的手，抵在自己的額頭上，低聲沉吟：

「妳真是個……傻女孩……」

前幾天姥姥才告訴螢，她只剩下五年的壽命。

而且那是指什麼都不做的狀態，螢自己也知道稍微逞強，時間就會再縮短。

螢盡到了首領應盡的義務。因為時守不在了，必須由她去做。

「妳若是不在了……夕霧會……悲慘到令人目不忍視……」

為鄉里全力以赴、犧牲自己的螢，生命會在毫無回報的狀態下結束嗎？

風燭殘年的自己還活著，不到二十歲的女孩卻要死了嗎？

姥姥夢見過很多次的死亡，也實際經歷過很多次的死亡。很多次的絕望接二連三到來，卻幾乎看不到希望。

螢是少數的希望之一。

首領是所有菅生鄉住民的心靈寄託，換句話說，就是神祓眾的依靠。

儘管身為女人、儘管年輕，螢的存在卻無疑是神祓眾們的支柱。

下任首領時遠還需要一些時日，才能成為神祓眾的依靠。螢若現在死了，神祓眾將在現世的危機中失去支柱。

「……」

姥姥雙手掩面哭泣。

她擔心首領的生死與這個鄉里的未來，但是，更讓她傷心的是失去螢這個女孩。

心愛的親人的死亡，無論經歷過幾次都無法習慣。

夢見師姥姥是好幾代前的首領的妹妹，螢對她來說等於是親孫女。

她不知那樣掩面哭泣了多久。

察覺房間前的走廊有人靠近，她才抬起了頭。

「姥姥——」

夢見師姥姥詫異地眨眨眼睛。

「冰知嗎……怎麼了？」

在門外的是應該和時遠一起待在密室裡的現影。

「我可以進去嗎？」

姥姥即刻回應了他的徵詢。
「不行，血腥味太強了。」
他若是要馬上回到時遠身邊，身上不可以帶著血腥味。
「那麼，我待在這裡……螢小姐能救活嗎？」
聽似平靜的聲音底下，明顯有著種種波濤洶湧的情感。
有段時間，冰知曾忌諱威脅到時守地位的螢，甚至企圖殺死她。
是螢饒恕了他，讓他擔任時遠的近侍，但是，那應該是時遠的現影的任務。
然而，時遠的現影尚未出生。
應該在首領的血脈誕生之前出生的現影，為什麼沒出生呢？
姥姥終於知道原因了。
是因為古老的咒語。在無人察覺的時候，咒語就把魔手伸向了這個鄉里。
在菅生鄉，近十年來誕生的嬰兒，屈指可數。
當中，只有時遠一人擁有強大的靈力。
不難想像是有人偷偷做了什麼事，讓孩子生不下來，甚至無法受孕。
是法術？是咒語？或兩者都是？
「姥姥……」
冰知出聲叫喚，希望能得到他詢問的答案。
姥姥咬住嘴唇。她是夢見陰陽師，但是，從昨晚她就不曾闔眼，因為不想作夢。

即便是短暫的片刻，或一眨眼的時間，現在她只要睡著就一定會作夢，看見螢的未來。這裡的血腥味會讓她作那種夢，所以她不想睡。

然而，在眨眼的瞬間，姥姥還是作夢了。她作了長夢，夢見希望的終點的模樣。

只要把那個模樣說出來，就會成真。

「——……」

流過抑鬱的沉默。

感覺木門前的身體動了起來。

「螢大人……」

隔著木門傳來低沉、抱定決心的聲音。

「在這種危急時刻……更是支撐著神祓眾心靈的支柱，無論如何都不能失去她。」

說到這裡，稍稍停頓了一次呼吸的短暫時間。

「無論如何，絕不能——」

那聲音聽起來太沉重、太壯烈，讓姥姥屏住了氣息。

剛出生時就認識的現影，用這種嗓音說話，姥姥還是第一次聽到。

在前院把廢棄的符扔進篝火裡的比古，顯得無精打采。不使用法術或占卜術也知道，螢的生命所剩無幾了。

「比古……」

到處纏著符和繃帶的灰黑妖狼，擔心地注視著他的臉。

比古把符全部扔進火裡，把空箱子放到地上，低聲嘀咕：

「你說……我該怎麼做呢……」

多由良哀傷地看著滿臉糾結的比古。

「比古……你還好吧？」

「我……還好啊，雖然受傷了，但就是這點傷……」

這時候，瀕死的螢和不在這裡的昌浩的身影，閃過比古的腦海。

個子嬌小的神將隨口交代過，如果發生什麼事，要馬上設法通知他們，遺憾的是比古沒有辦法通知他們。

而且，他也不想讓昌浩知道螢現在的狀況。

昨天，昌浩被投敵的親大哥傷得體無完膚，他說這樣沒有勝算，所以，從那個狹縫的通道回京城了。

京城有安倍晴明在，昌浩的傷勢再嚴重，那個大陰陽師都能快速設法解決，這點完全不用擔心。

問題在於他的心情。

「昌浩那小子……應該很喜歡他哥哥。」
「是嗎？」
多由良幾乎沒聽昌浩提起過他哥哥，但是，既然比古那麼說，應該就是。
比古蹲在篝火前抱著頭。
「是啊，可是，那個人應該就是他的大哥吧……他怎麼會那樣……」
符在火裡跳躍著，逐漸化為灰燼。
忽然，燒成一半的符被熱氣煽動，高高飄舞起來。
這時候，周遭被紅色閃光照得通紅。
「啊……」
視線隨著多由良的聲音移動的比古，耳朵被瞬間轟隆作響的格外劇烈的雷鳴痛擊。
紅色雷光撕裂烏雲，再次闖越黑暗的天空。
篝火的火焰高高燃起，從化為灰燼的符撒出來的火星，啪地迸開。
火焰裡出現好幾道身影。
比古的心臟劇烈跳動。
雷鳴轟隆。燃起的火焰如掙扎般顫動，火柱高高升起。
紅色火焰裡出現黑色的東西。應該會淨化所有東西的火焰裡，顯然有強烈的陰氣和妖氣蠢蠢欲動。

火焰讓比古看到了難以置信的東西。
「……」
那究竟是什麼？
搖搖晃晃站起來的比古，把手伸向隨熱氣起舞的快燒光的符的殘骸。
潛藏在撒出來的火星裡的微弱妖氣，輕輕爆開，融入火焰裡。
「什麼……」
比古愣愣低喃。
燃燒得異常劇烈的火焰，猛然減弱了。
從燒掉一半的木柴冒出來的熱煙，夾帶著濃濃的妖氣，但也很快就消失了。
一縷白煙無聲地升到天上。
「比古，這是？」
表情僵硬的比古，對大驚失色的多由良點點頭說：
「是咒語。」
鑽進螢的傷口裡的黃泉之風，把注入符裡的靈力扭得歪曲變形，扭成了黃泉的咒語。
心臟又怦怦狂跳起來。
「剛才那是……」
不知不覺脫口而出的低喃，半帶著嘶啞。

出現在火焰裡的無數妖魔，難道是黃泉大軍？
成千上萬的妖魔包圍著某人。
那個人不是昌浩。
衣服到處被扯破、皮膚好像被燒爛、身上有無數爪痕、被刨去半邊臉的那個人，眼睛徹底被毀了。
遍體鱗傷到令人讚嘆竟然還能動，致命傷是來自貫穿左胸要害的劍。
「……」
怦怦心跳聲好吵。
是誰把刺下致命傷的劍握在手裡？
怦怦。
是誰無情地甩掉了沿著拔出來的劍流下來的血滴？
是誰冷冷地俯視著倒在血泊裡的昌浩的哥哥？
「怎麼會……這樣……」
胸口深處的心臟，每一下都跳得驚心動魄。
為什麼？他不是它們的同夥嗎？發生了什麼事？鬧內鬨嗎？或者，他其實沒有背叛？被發現所以反被殺害了？
不對，還有比這更糟糕的事。
意識到的瞬間，心臟跳得比任何時候都厲害。

撲通。
握著劍的人，是真鐵的身軀。
它們究竟讓他做了什麼？讓真鐵的身軀做了什麼？讓真鐵的手握著什麼？
「嘶……！」
比古倒抽一口氣，身體搖晃，多由良慌忙撐住他。
「比古，怎麼了？出什麼事了……」
倚靠著多由良，滑坐下來的比古，忍不住掩面哭泣。
「真鐵他……」
「咦？」
雷鳴刺穿詫異的多由良的耳朵。
「真鐵……親手……」
雖然內容物不一樣，但是，那的確是自己非常敬重的堂兄的身軀。
「親手殺了……昌浩的哥哥……」
是智鋪，不，是黃泉之鬼。
讓真鐵殺了昌浩的哥哥。
「唔……」
比古強忍著不讓自己叫出聲來，多由良只能默默陪在他身旁。
紅色閃光奔馳而過，雷鳴重重敲擊耳朵。

顫動著肩膀的比古，緩緩握起掩面的雙手。

白煙直直升向黑暗的天空。這麼暗，比古卻清楚看到白煙上升的樣子。

纖細柔弱的白色線條，彷彿是為悲慘死去的男人升起的火化之煙。

「……」

看著比古模樣的多由良，發現他握緊的拳頭微微顫抖著。

「比古，冷的話……」

正要接著說「就進屋裡」的多由良，仔細看比古的側臉，猛然倒吸一口氣。

那雙眼睛燃燒著熊熊的怒火。

比古瞪視著火化之煙，拳頭微微顫抖，用力咬住嘴唇，咬到快流血了。

他無法原諒有人利用真鐵的身軀、濫用魑魅法術。

他無法原諒有人魅惑自己、傷害多由良。

他非常不甘心，一直想著非奪回真鐵的身軀不可。

然而，比古現在的感受，是遠遠凌駕在至今情感之上的強烈憤怒。

那個身軀不該被玷污！那個身軀不該被那樣使用！

「唔……！」

每次那身影出現在眼前，他的心就會動盪不已。那身影一發出聲音，他的意識就會集中在傳到耳裡的聲音，而不是說出來的話。

每次聽到已經失去的聲音，心中最深處就會被無盡的思念撼動。

他很清楚，即使自認為已經全力應戰，心中其實還是有些猶豫。

那只是遺骸。四年前在奧出雲身負重傷的真鐵，應該已經死了。然後，跟灰白狼茂由良的魂，一起被埋在崩落的砂土裡了。

但是，比古並未親眼目睹，多由良也是。

所以，他還抱著期待，寧可相信期待，多由良也是。

但願某天，可以在意想不到的地方，再次見到那張臉。

他和多由良都把這個秘密藏在心裡，絕口不提。

沒想到，這個願望以無比殘酷的方式實現了。

比古瞪著劃破天空的紅色閃電，低聲嘶吼：

「不可原諒……」

在火焰中看到的智鋪刺穿成親的瞬間的那張臉，深深烙印在比古眼底。

那張臉微帶嗤笑，目光殘忍，在嘲諷、侮辱、蔑視被他刺穿的成親。

「竟敢……」

竟敢讓真鐵露出那樣的表情，不可原諒！

「啊……！」

忽然，用止痛術和符壓住的疼痛穿越全身，痛得比古無法呼吸。

「比古！」

「沒事……」

比古拍拍慌張的多由良的脖子，瞇起眼睛熬過疼痛。

就在這個時候。

銀白色的閃電伴隨著劈哩啪啦的轟隆聲響，落在鄉里的一角。

「！」

比古和多由良都張大了眼睛。

落雷的震動傳遍鄉里。好幾道白色閃光，像拖著尾巴的火花，以同心圓狀擴散開來。

那些白色閃光散發出來的，是袚除污穢、驅逐沉滯的波動，與紅色雷光全然不同。

比古不由得站起來。

「是神氣……」

銀白色的雷是落在哪裡呢？比古終於想到了。

前幾天被落雷擊毀的神社廢墟豎起了楊桐枝，是神降臨在那個依附體上了。

「回來了啊……」

喃喃低語的比古，呼地鬆了口氣。

鎮守鄉里的菅原道真神，在祂應該在的地方，陰陽師們就能借用祂的力量，布設結界的工作會因此輕鬆許多。

多由良用尾巴拍拍比古的背部，拍得很輕，不會影響他的傷口。

「太好了。」
對開心的多由良點點頭的比古，察覺到另一道全然不同的神氣，驚訝地轉移視線。
完全燃燒後不再冒煙的篝火灰燼的上空，降下一道光芒。
全身纏繞著雷電碎片般的閃光的透明人影，俯視著比古。
目不轉睛地盯著人影的比古，很快發現那個人影似曾相識。
「很像……？」
比古眨眨眼，低聲嘟囔後，看起來比比古年長的臉，似乎微微笑了起來。
他心想現在差不多四歲的時遠，長大到十五歲的時候，應該就是這個樣子吧？也就是說……
又眨了一下眼睛的比古，疑惑地偏頭問：
「您想必是……小野……時守？」
聽到不是詢問而是確認的語氣，小野時守瞇起眼睛，緩緩張開了嘴巴。
耳朵無法聽見時守的聲音。聲音是直接傳入大腦，而不是耳朵。
——我想請你轉告螢。
比古原本想問要轉告什麼？但隨即搖搖頭說：
「想說的話，最好直接告訴本人……不過，要等她醒來。」
時守面對往府邸瞧一眼的比古，垂下了視線。

——我沒臉見她。

明明說得很平靜，比古卻不知為何覺得這句話聽起來很悲痛。

——她應該也不想見到我。

比古不由得對著那雙落寞的眼睛回說：

「可是，有什麼話要說，最好還是直接跟她說，把想傳達的事，完完整整地傳達。」

然後，也讓她完整傳達您希望她傳達的事。

「只是……她能不能醒來……恐怕有點……不，是大有疑問……」

說完後比古才想到，這種事不用他說，時守也一定知道。

不由得垂下視線的瞬間，沉沉雷鳴震響，落下來的水滴打在比古臉上。

「雨……？」

抬起視線，隱約可見躲在烏雲深處的紅色閃光。

落下來的水滴冷得好像快凍結了，嚇得比古急忙把臉擦乾。

還以為要開始下雨了，沒想到只下一滴就沒了。

可能是回來的神，把污穢的雨都堵回去了。

——螢一定會醒來……

當這句話在比古腦中響起時，時守的身影已經消失了。

2

◇　◇　◇

鋪天蓋地的黑暗裡，只聽見波浪的聲響。
來到這個冷得快凍僵的地方的榎岦齋，環視周遭，嘆了口氣。
「開始吧……」
他再次回想冥官說的話。
——不論以什麼作為交換、無論付出多大的犧牲，都要把玉依公主帶回來。
這恐怕是有史以來最凶險、最棘手的冥府官吏的命令。
「不論以什麼作為交換、不論付出多大的犧牲啊……好沉重！」
這個擔子太過沉重，壓得岦齋不由得肩膀下垂、彎腰駝背。但是，時間已經不容許他被那種重擔慢悠悠地壓扁了。
玉依公主的魂，被困在從這個夢殿的盡頭走向黃泉的喪葬隊伍裡。
漂浮在伊勢海面的海津島上，有座海津見宮。那裡的地底深處，有根支撐國土的巨大柱子。

被稱為地御柱的這根柱子，是支撐國土的神，名為國之常立神。

人界會降下污穢的雨，是因為身為支撐國土之神的地御柱，氣已經枯竭了。神的氣枯竭，就會污穢繞巡整個國土的氣。地面的污穢升到天上，就會變成污穢的雨再降落下來。因此導致污穢循環的人界，會失去陽氣，嚴重傾向陰。

陰的極致是死亡。若是完全被陰同化，充斥著死亡，就會變成死亡之國。變成與黃泉一樣的死亡之國，黃泉的妖魔就會猖獗跋扈。

死將凌駕於生之上。死會盤據人間，使妖魔與妖怪充斥各處。

不久後，被封住的出口將會開啟，跑出最可怕的神，掌控人間。

最古老的咒語就此完成。

想到這裡，背脊瞬間掠過寒顫。昌齋甩甩頭，試圖拋開那樣的思路。

「喪葬隊伍在……」

只要屏氣凝神地搜索，就能察覺無數的妖氣正沿著水濱飄過來，那道軌跡一直延伸到冷風吹過來的方位。

位於上風處的是夢殿的盡頭。

「在那邊啊。」

感覺身體被冷風吹得急遽發冷，昌齋縮起了身子。

每吸一口氣，冷氣就鑽進體內深處，感覺連心底都快凍僵了。

「萬一——……」

萬一沒能把玉依公主的魂帶回去呢？

突然湧上這樣的想法，頸子不由得發麻。

波浪聲忽然逼近，滾滾而來的聲音聽起來十分靠近。

快到盡頭了。光是待在這裡就會傾向陰，被陰同化。

即使追上隊伍，恐怕也會被黃泉之鬼阻攔。

能贏嗎？能贏過根之國的妖魔嗎？能贏過底之國的妖魔嗎？

我明明已經死了啊——。

「唔哇……！」

岦齋突然大叫一聲，啪唏啪唏拍打自己的雙頰。

「好險……太危險了！」

思考差點在不知不覺中被陰熏染了。光是吹著黃泉之風，就會從心底深處湧現憂鬱的消極想法、不安、焦躁，侵蝕思考。

而且，冰冷的黑暗原本就會讓人心瑟縮起來。

「天照大御神、天照大御神、天照大御神……」

重複默唸好幾次十言神咒[1]，神名就會直接轉為力量。

1.天照大御神的唸法是A Ma Te Ra Su Oo Oo Mi Ka Mi，共十音。

但是，無法湧現在人界唸那般的力量，可能是因為這裡雖屬於夢殿，但離黃泉很近。

沒有相當強烈的意志，就會被陰拉走。

「喪葬隊伍在……」

岦齋磨亮所有五感，搜尋把玉依公主帶走的喪葬隊伍。

波浪的聲音不絕於耳，潮水退去又捲過來。

過去不愉快的、禁忌的記憶，彷彿配合著波浪的節拍，接二連三浮現。

包括件的預言，以及離開榎鄉後獨自走遍各地，製造虛假之門時的無法言喻的寂寞。

「可惡……」

岦齋甩甩頭。

——我和岦齋並不是好友。

突然想起來的聲音，讓岦齋露出心靈受傷的表情。

「都這麼久了，還……」

其實，岦齋知道他想說什麼，也知道他那麼說的理由。

只是在目前的狀況下，會不斷湧現寂寞、痛苦、難過的事和不愉快的記憶，這種時候，分毫不差地聽見跟以前一樣的聲音說出來的冷酷口吻，胸口深處難免會像被狠狠扎刺般，疼痛萬分。

「……」

岦齋垂頭喪氣。好痛，陣陣刺痛，又鈍又重。

疼痛會生出負面情緒。況且，已是死人的他，心靈本就比活人更接近陰。

他連甩幾下頭，慢慢地重複做深呼吸。雖然會吸進冷風，但總比不做好。

「忘了吧，想想現在重要的事……」

必須只想著那件事。

岦齋邊遙望黑暗的彼方，邊思索這個夢殿的事。

夢殿裡住著死者、妖、神，但是，他們並不是住在同一個地方。神與妖幾乎不會混在一起，死者也很少會進入他們的領域。

夢殿裡的妖，住在最靠近盡頭的地方，但不會去盡頭。盡頭是黃泉與根之國之間的狹縫，對妖來說根之國也是異界。

「呃，應該在那邊……」

岦齋邊嘟囔，邊把剛才披在頭上的衣服穿起來。

這件黑僧衣是在他成為冥官的僕人時，冥官送給他的，不但能淨化可說是死人象徵的污穢，也能預防從盡頭吹來的黃泉之風把陽氣奪走。

岦齋雖是死者，但是，是冥官的直屬部下，所以，以死人來說陽氣非常強。也因為這樣，才能保住與生前同樣的人格。

但是，長時間接觸陰氣，就會被削去生氣，導致心的扭曲。從剛才一直浮現不愉快的事情就是預兆，這樣持續下去，沒多久就保不住意識和記憶了。

沒有陽氣，岦齋恐怕無法維持現在的模樣。

身為冥官僕人的岦齋，沒有宿體。這個臨時的身體是由心和記憶構成的，跟活人一樣有血液循環。

黃泉之風正逐漸削弱維持這個身體的力量。披在頭上的黑僧衣，是絕對必要的東西，可以用來防止岦齋在靠近這個夢殿盡頭的地方消失不見。

題外話，總是披在頭上是為了不要被看見臉。這是冥官的命令，他說僕人不必擁有個體。

但是，岦齋知道不只是因為那樣。

冥府有很多官吏，但直屬於皇族的不多。

冥府裡也有競爭。說到底，小野篁的敵人多到超乎想像。

岦齋心想以那種性格來看，也是意料中的事。附帶一提，冥官恐怕也知道他是那麼想。

有些人因為官位等關係，會把無法對冥官宣洩的憤怒，轉而宣洩在身分地位低的僕人身上。這點與人界的朝廷十分相似。

討伐出現在這個夢殿、靠近黃泉的地方、境界河川周邊、冥界的門附近的妖怪、妖魔，也是冥官的任務之一。那些贏不了冥官的傢伙，不時會找上僕人。

岦齋是陰陽師，但也是死人，比身為鬼的冥官更容易被盯上。岦齋相信冥官是為他著想，不想讓他在不必要的時候被記住長相。
儘管可能不是那樣。
「說不定，真的只是為了消滅我這個個體……」
那個男人畢竟是冥官。這五十年來，他執行過的命令多不勝數，向來聽從冥官的指示。讓他心想「不好，說不定會就此消失」的案子，也不止一、兩個。
這麼勞心勞力，冥官卻從來沒有對他說過一句慰勞或稱讚的話。
被使喚是為了贖罪，所以冥官那樣也沒錯——是沒錯，但是——
「總覺得……有點惆悵……」
岦齋嘟囔一聲。平時都不會去想這種事，現在卻莫名湧現令他不知所措的惆悵感。
「不行、不行……」
才剛壓住過去的寂寞、悲傷、痛苦、疼痛，又換成惆悵感襲來。而且，似乎在無意識中，刻意篩選著最讓自己難過的事情。
不，的確是在篩選。體內對黃泉之風產生反應的負面部分，正要把他的心更導向陰，染上陰的色彩。
「快想起來！我的人生不論生前或死後，都不該只有不愉快的事。」
岦齋努力回想能讓心情開朗起來、輕鬆起來的事。
例如，他救過好友的孫子，因此被孫子本人感謝過。那次來得及救他，真的太好了。能幫上那孩子的忙，對岦齋來說也是救贖。

那之後，岦齋一直看著他奮戰的模樣。看著他使用很厲害的法術；看著他清楚知道身分的差異後痛苦不堪的模樣；看著他聽到夢裡顯現的未來後痛下決心的模樣。

「他那麼努力，卻剩下兩年……哇，又來了。」

赫然驚覺的岦齋又拚命甩頭。

沒用，在這裡無論想什麼，都會在無意識中被又黑又冷的東西拉走。

難道連天照大御神的力量都不夠嗎？

「夢殿的大神、夢殿的大神，請祓除淨化、請祓除淨化！」

神的力量幾乎到達不了靠近黃泉狹縫的這個地方。儘管如此，他還是相信反覆唸誦住在這個夢殿裡的神名或神咒，多少會有點幫助。

岦齋拍拍自己的臉頰。

閉上眼睛，豎起耳朵傾聽，把意識集中在水濱的遙遠前方。

「找到了……」

非常微弱的歌聲隨著黃泉之風飄來。

這首歌帶領著喪葬隊伍。死於黃泉咒語的人們，與妖魔群一起加入那個喪葬隊伍，要前往黃泉。

被假的母親魅惑後被黑虫抓來的當代玉依公主就在隊伍裡。

岦齋沿著水濱奔馳。

儘管被風吹散了，空氣中還是飄著構成隊伍的鬼們散發出來的陰氣。

追逐著越來越薄弱的陰氣的岦齋，心裡產生了疑惑。

為什麼讓宿體活著，只把她的生命抓來隊伍裡呢？

玉依公主不是神，而是傾聽神的聲音、向神祈禱的女巫。在接下玉依公主的職務後，她的身體就不再有時間的流逝，活在漫長、幾乎是永恆的時間裡。

然而，並非不死之身。實際上，前代玉依公主就是身負重傷而死。自從成為玉依公主後，她就不再是人身，所以不會留下遺體，但是，跟人一樣，身負重傷就會死。

當代玉依公主齋，從三柱鳥居降落到地底下的地御柱時，靈體被從宿體抽離了。

既然可以抽離靈體，應該也可以讓她斷氣。或者，也可以讓她像其他人類那樣，罹患咳嗽致死的疾病，黃泉之鬼卻沒那麼做。

現在黃泉入口打開了，也可以把齋直接帶到黃泉。

生者一進入黃泉，就會瞬間失去陽氣，變成死者。進入死亡之國而死亡，變成死亡之國的居民，也是一種重生。

忽然，波浪聲變強了。

岦齋覺得特別不對勁，視線快速掃過黑暗。

是水在哪裡起了風浪嗎？

這麼想的瞬間，岦齋感覺從某處躍出了成千上萬的魂的波動。

「那是什麼……?!」

岦齋不由得停下腳步。

不論怎麼張望，都只看到無限延展的黑暗。

剛才的波動應該是來自離這裡很遠的地方。

從靠近狹縫的這裡看不見那個地方。那裡究竟是夢殿？還是夢與現實之間的狹縫？

集中精神搜尋的岦齋，又捕捉到其他數量驚人的妖魔氣息。

之前完全不存在的氣息，跟剛才的魂的波動一樣，突然從某處冒了出來。

「這是……」

感覺成千上萬的妖魔散發出來的妖氣，捲起了強烈的漩渦。

岦齋把意識集中在黑暗的彼方。明明是用眼睛之外的感官在看東西，卻不禁定睛凝視，是因為還沒有擺脫擁有肉體時的感覺。

都已經過了五十年呢。有時，他會覺得很好笑，噗哧笑出來。但是，現在完全沒有那樣的心情。

「在那邊……？」

相信自己的直覺，瞄準一個方向，把靈力發射出去的岦齋，視野裡闖入瘋狂飛奔的無數魂虫，以及跟在魂虫後面的數不清的黃泉妖魔。

岦齋屏住了呼吸。

「從哪跑出來的……?!」

他也知道人界出現了許多死者。那麼，是死於黃泉咒語和咳嗽疾病的人的魂虫嗎？被從宿體吐出來後，又被黃泉之風和陰氣攫住，拖進了這裡嗎？

但是，觀察狀況的豈齋，發現了一件奇怪的事。

無數的妖魔不像是要把魂虫群趕入黃泉入口，而像是在追殺魂虫。

魂虫正飛往下風處，也就是黃泉之風吹來的方向。

那道風是吹向在人界被鑿開的好幾個出口之一。

原本，因阻礙呼吸的疾病而被拖出身體外的魂虫，應該會被陰氣之風抓住，帶往黃泉入口。

然而，魂虫群看起來卻像是從那裡逃出來的。

豈齋難以置信地喃喃低語：

「難道是在入口的大磐石處，發生了什麼事……？」

在又暗又冷的沉滯之殿有個大磐石，很像位於道反聖域的千引磐石，那裡就是黃泉的入口。

豈齋不能靠近那裡。是死人的他，若是靠近那裡，被不容分說地拖進去就完了，因為會瞬間被削去所有的陽氣，再也出不來。

冥府的官吏也一樣。

唯有與生死息息相關的陰陽師，才能進入黃泉。而且不能是豈齋這種已經死亡的陰陽師，必須是活著的陰陽師。

「陰陽師……」

喃喃嘟囔的岦齋倒抽一口氣，逆向追尋妖魔散發出來的妖氣軌跡，把靈力投向黃泉的入口。

只夾在黃泉之國與磐石之間的入口處，沉鬱地凝滯著又暗又冷的陰氣。

他知道投入一絲靈力，都會嚴重消耗體力，卻無法不確認不祥預感的真相。

有個陰陽師在活著的狀態下投靠了黃泉的陣營。

這個陰陽師可以深入敵人內部，闖入黃泉的入口邊緣。

岦齋的胸口深處頓時涼了半截。

閃過腦海的是冥官那張兇惡的臉。回想起來，那個懊惱的表情裡，是不是有其他臉色呢？

沒錯，那是對自己或其他部下下令時，絕不允許失誤的上司的眼神。

不過，有一點點的違和感，那就是冥官竟然會讓盯上的獵物逃走。

完全沒有放水的跡象，冥官應該是真的去取他的性命。

所以，被他逃走，冥官是真的很懊惱。

可是，如果不全然是那樣呢？

那麼就是陰陽師的本事大到能逃過真想殺他的冥官。

透過投向又暗又冷的沉滯裡的靈力，岦齋看到了。

「……」

通往根之國的磐石前，充斥著比黑夜更黑暗又冷得快凍結的陰氣。磐石是入口處的門，黃泉之風不斷從半開的磐石吹出來。
倒在磐石附近動也不動的男人的側面，豈齋十分熟識。
從他誕生起，豈齋就在冥府看著他，不可能會錯認。
瞬間，豈齋似乎聞到嗆鼻的血腥味。
「唔……！」
豈齋不禁掩住臉。
胸口深處痛如刀割。
那是空殼遺體，魂可能被帶去了黃泉，不在遺體附近。
曾經投靠黃泉的人，不可能待在冥府。
那個男人的魂不能投胎轉世，會永遠在黃泉徘徊嗎？
「怎麼會……這樣……」
既然這樣，至少要把他的遺體帶回人界，還給他的家人。
但是，豈齋做不到。現在的他連靠近那個地方都不行，更別說還了，只能乾著急。
感覺吹來的風更強了。可能是因為把靈力投向入口處，形成了通路，所以從磐石吹出來的風吹向了豈齋。
風中混雜著妖氣，說不定是新的妖魔正要從磐石的縫隙爬出來。
靈力的軌跡被發現就麻煩了。
豈齋極力壓抑情感，揮出右手結的刀印，把靈力砍斷。留在沉滯裡的靈力殘渣，瞬間枯萎消失了。

露出快哭出來的表情甩甩頭的岦齋，轉身要去追喪葬隊伍。

就在這時候，拍打腳邊的水，出現不自然的晃蕩。

「嗯……？」

在他察覺後轉移視線的瞬間，從水底浮出白色的東西，濺起水花躍上來。

岦齋睜大了眼睛。

很小的一隻魂虫，搖搖晃晃飛在漆黑的水面上。

脆弱的翅膀停下來好幾次，每次都差點掉落水面。這時魂虫全力拍動翅膀的模樣，看起來也像是快放棄了卻又拚命掙扎。

「……」

岦齋皺起眉頭。這隻魂虫是來自哪裡呢？既然是從水底浮出來的，就不是來自人界。

難道是跟剛才躍出來的大量魂虫一樣，是從黃泉的入口出來的？

岦齋赫然想到一個可能性。

「難道是被我的靈力吸引過來的……？」

魂虫發現用法術斬斷往前延伸出去的靈力，循著快消失的軌跡，來到了岦齋這裡。這麼想應該是對的。

不過……

「亮光也太強了。」

那麼小隻，白光卻格外閃亮。

以這個大小來看，應該是小孩子。不到幼兒那麼小，但一定是小孩子沒錯。

岦齋把手伸向魂虫。繼續在這裡飄浮，會被冰冷的黃泉之風削去生氣，耗盡精力。

把它帶回人界，應該會自己回到宿體裡，所以，可以先保護起來，等完成冥官的命令後再——。

忽然，魂虫散發出來的白光摻進了紅光。

岦齋張大了眼睛。

「咦……」

眼前的紅光，有他熟知的波動，很像道反大神的神氣，是強勁的保護力。

在啞然失言的岦齋前面，魂虫瞬間變成人的模樣。

閉著眼睛、捂著耳朵、蜷縮著身體的模樣，看起來也像勾玉的形狀。

這個畫面只維持了僅僅一次呼吸的短暫時間。

『救……救……我……』

微弱的聲音掠過岦齋的耳朵消失不見。

再變回白色蝴蝶的模樣時，可能是體力耗盡，停止拍動翅膀，往下飄落。

白色蝴蝶快觸及水面時，岦齋伸出手接住了它。還來不及思考就先採取了行動的岦齋，苦惱地看著魂虫。

「哇，怎麼辦……」
不由得冒出來的嘟囔，是狼狽困窘的聲音。
這是因為咳嗽的疾病而被泉津日狹女拖出宿體奪走的內親王脩子的魂虫。
在神治時代被緊緊關閉的黃泉入口與出口的大磐石，要有鑰匙才能打開。
鑰匙是神的血、與神相關的血、神的後裔的血。
罹患咳嗽疾病的人，都會大量吐血，吐出沾滿血的魂虫。
泉津日狹女真正想要的不是魂虫，而是沾染在魂虫上的脩子的血。
脩子是天照大御神的後裔，也是許久未曾誕生過的天照大御神的分身靈。
想到這裡，昌浩恍然大悟。
在黃泉大軍不斷使出種種策略後，被發現是古老的咒語。這時候，彷彿因緣際會般，天照大御神降落到人間，這究竟是偶然嗎？
倘若不是偶然，那麼，脩子這個天照分身靈的存在，應該有其意義。
「那麼，不在人界會有問題吧……」
手上的蝴蝶動也不動，已經筋疲力盡。
「要趕快把它送回去……可是……」
當自己在此滯留時，喪葬隊伍也正在向根之國前進。倘若在自己忙著把魂虫送回人界時，玉依公主的魂進入了根之國，地御柱就會毀壞。
昌浩的視線漫無目標地飄來飄去。

「怎麼辦？要先救誰？」
兩個都很急，少了任一個都會有麻煩。
矛盾的岦齋因此察覺得晚了。
妖魔不知何時在黑暗中悄悄靠近了他。
「好吧，先……」
岦齋決定先把齋的魂從喪葬隊伍帶走，送回她在海津島的宿體。好不容易作出這個選擇的岦齋，重新出發走向上風處。
就在這時候，耳邊響起低吼聲。
他反射性地往後躍起，再降落水濱時，剛才站立的地方濺起了強烈水花。
黑暗中有好幾個黑影。定睛一看，紅色、黃色、黑色的眼珠子閃閃發光，彷彿要射穿岦齋。
他完全被包圍了。
原本只淹到腳踝的水，上升到膝蓋了。
水位正慢慢升高，是充滿陰氣的水。感覺體溫和靈力，正從浸泡在水裡的地方開始逐漸流失。
岦齋邊注意妖魔的動靜，邊把刀印抵在嘴邊，小聲唱誦。
「以靈力之線、魂之線，抽絲紡紗為繭。」
位於胸口深處、心裡面的魂，是把兩個勾玉組合起來的圓形。

老實說，岦齋並不知道是不是真是那樣。

但是，只要那麼想就會是那樣，陰陽師的言靈可以讓事情成真。

即便是死人，岦齋仍然是個陰陽師。

他在腦海裡描繪勾玉模樣的魂。從勾玉的尾巴把靈力紡成線，一層一層纏繞在倏子的魂虫上。就像蠶用絲包住自己那樣，把魂虫包起來。

把輕拍著翅膀的魂虫包起來的繭，大小跟鵪鶉蛋差不多。只要這個繭不破，裡面的魂虫就不會受到任何傷害。

把靈繭收進懷裡的岦齋，很快環視包圍自己的妖魔一圈。

數量多到只能用數不清來形容。

岦齋做個深呼吸，高高舉起刀印，在心裡呼喚夢殿大神。

「請祓除淨化！」

他大聲吶喊，揮下刀印。

雖是在靠近盡頭的地方，聲音還是勉強傳到了夢殿大神那裡。

從刀印的刀尖迸射出來的靈力，帶著神的通天力量，往包圍網的一角砍下去。

在黑暗中井然有序地前進的喪葬隊伍，突然出現了混亂。

齋察覺有股騷動從後面逼近，想回頭看。
但是，被頭披襤褸衣服的人制止了。
齋神色不安地抬起頭。
「母親……」
叫喚的聲音嘶啞到連她自己都不敢相信。
「我好怕，什麼東西要來了。」
無法聚焦的眼眸動盪搖曳。
有可怕的東西從後面來了，那個東西會拆散自己與最喜歡的母親。
指甲尖銳的冰冷手指抓著齋的手，齋把另一隻手擺在那上面，渾身發抖。
「好可怕啊，母親，您要保護齋。」
「向神祈禱。」
「向神……祈禱？」
如低吼般沒有抑揚頓挫的粗獷聲音，從上面傳下來。
「對，向神祈禱，向我們的神祈禱。」
齋沒有看著任何地方的眼睛更混濁了。
「嗯……母親……我會祈禱……母親的齋……會向神祈禱……」
結結巴巴口齒不清的聲音，逐漸消失在冰冷的黃泉之風裡。
抓著齋手腕的冰冷手指，又粗又硬，關節特別突出。

齋把額頭抵在那上面，閉上了眼睛。

這是最喜歡的母親的手指；這是母親的手；這是母親的手臂。

「母親……神……是……齋的……母……親……」

母親。我最喜歡您。母親。母親。我最喜歡您。母親——。

「能把自己獻給神，妳要高興。」

「嗯……」

打從心底覺得開心，開心得不得了的齋，帶著滿面笑容點點頭。

她早就把身體獻給了神，現在竟然還能再獻一次。而且，不是獻給我的神，而是獻給母親祈禱的神，怎能不高興呢。

無上的幸福充滿全身，她想這就是高興到飛上天的感覺吧。

平時獻給神的祈禱不夠，所以母親來接她了。

已經不該存在於任何地方的母親。

「……」

忽然，不清楚是什麼的東西掠過心頭。

有東西在心中某處低喃。

——以前是這麼硬嗎？

「母親……」

喃喃自語的齋，眼皮微微震顫。

母親的手指以前更細吧？
母親的手以前更溫暖吧？
母親的手臂以前更柔軟吧？
「母親……」
齋緩緩抬起頭，無法形容的不安使她的眼眸閃爍晃蕩。
現在溫柔地牽著自己的手的人是母親。
「不要停下來。」
母親從披頭的衣服下發出冷冷的聲音，像是在催促般，粗暴地拉扯毫不費力便可抓住的手。
「祈禱！什麼都不要想，祈禱！忘記一切，祈禱！」
每當重複說到祈禱時，齋的眼睛就逐次失去光芒。
混濁不清的眼睛，映出母親美麗、溫柔、微笑的身影。
「祈禱！向我們的神祈禱。祈禱！獻出生命祈禱。」
「祈……禱……祈禱……獻出生命……祈禱……」
被拖著往前走的齋喃喃自語。
在披頭衣服下的眼睛閃閃發光，新月形狀的嘴巴動了起來。
「詛、咒——」
詛咒、詛咒、詛咒。

詛咒神、詛咒一切。

邊作被死去的母親擁抱的夢邊詛咒、沉溺在夢裡詛咒。

獻出生命詛咒、鞠躬盡瘁死而後已地詛咒。

只要妳詛咒得好，就送妳去妳思念的母親那裡。

讓妳死得安寧。

「詛咒！」

齋緩緩點頭回應冰冷的聲音。

「祈禱……」

「祈……禱……」

「詛咒！」

「詛咒！」

「祈……禱……祈……禱……」

「詛咒！」

「祈……禱……詛……」

毛骨悚然的戰慄掠過全身，強烈的抗拒刺痛著胸口。

——不。

不能那麼做，那麼做，神會……

神會沾染污穢——。

「詛咒！」

如銘刻在心般的低吼，把害怕和不安從齋的臉上完全抹去了。

小小的嘴唇抖到歪斜了。

「……咒……」

她的喉嚨僵硬，又重又冷的東西凝結滑落到胸口深處。

「詛咒……詛……咒……詛……咒……詛咒。」

每重複一次，齋散發出來的氛圍就逐漸混濁沉滯。

「詛咒……詛咒……詛咒……咒……」

從她失去光輝的眼睛滑落一滴淚珠。

「詛……咒……詛咒……」

「對，詛咒！」

我不要、我不要、我不要、我不要、我不要——。

「詛咒……神……」

每當嘶啞的聲音從嘴巴發出來，就會有黑色飛蟲般的東西向四面八方散去。

可怕的鬼臉在破破爛爛的披頭衣服下，俯視著被陰氣纏繞的齋，露出猙獰的嗤笑。

◇　◇　◇

3

◆　◆　◆

在滂沱大雨中衝進屋簷下的安倍昌親，脫下吸滿水變重的蓑衣，喘了口氣。

雨大到蓑衣完全起不了作用，昌親身上的直衣、狩袴都溼透了。

「好慘……」

仰望烏雲的昌親暗自嘀咕。

「早知道就住在參議府邸了……」

跟侄子侄女說成親小時候的事，不知不覺待得太久，他慌忙告辭離開。

侄子侄女、參議府邸的侍女、總管，甚至雜役，都擔心他走夜路回家，留他住下來，但是，被他婉拒了。

離開後，他沒有直接回家，而是去了皇宮。

「喲，昌親大人？」從階梯上叫住他的是陰陽部的寮官，「哇，溼透了，請等一下，我去拿條布來。」

發現昌親全身溼透的寮官，慌忙衝進裡面。沒多久，替他拿來幾條乾手巾。

「怎麼了？您不是很早就回家了……？」

「是啊，臨時想起一件事……」

接過手巾擦拭的昌親，低頭看著自己，嘆了一口氣。淋成這樣，恐怕用手巾擦拭也沒什麼用。

他不禁想，如果十二神將的白虎或天后、玄武在這裡就好了。太陰雖然跟白虎一樣是風將，但是，他很清楚不能拜託太陰做這種需要細心的事，所以一開始就把太陰排除在外了。

「淋得很溼呢，這樣會受涼，搞不好會……會感冒。」

寮官表情僵硬，說話吞吞吐吐，昌親平靜地點點頭，對他說：

「啊，放心，我有準備替換的衣服，放在值班室。」

因為一直下雨，所以寮官們都有替換的衣服放在寮裡，以防淋溼。

寮官原本要說的，應該是現在蔓延皇宮、京城的咳嗽疾病。

但是，想到罹患那個疾病的人最後會怎樣，慌忙換成了感冒。

「對了，敏次大人回家了吧？」

昌親把話題轉向突然想起的事，寮官似乎鬆了一口氣，開心地點著頭說：

「是啊，他在戌時末離開，應該已經到家了。」

寮官說因為亥時的報時鐘聲響起後，已經過了兩刻鐘。

昌親笑笑回他說：

「是嗎？太好了。」

「是啊，那麼，我先告辭了。」

「謝謝。」

目送寮官回去值班後，昌親直接走向了天文部署。

啪答啪答拍掉肩上和胸口的水氣，再唸唸咒文，就覺得好多了。雖然剛才對寮官那麼說，但是，他現在連換衣服的時間都捨不得浪費。

天文部署空無一人。這個時間通常人都走光了，只有幾個人留在值班室。

外廊屋簷下的懸掛燈籠的光線，只能照到入口附近，裡面一片漆黑。

他從架上拿起手持燭台和蠟燭，借燈籠的火點燃蠟燭，照亮腳下前進。

天文博士的位子附近，有天球儀、六壬式盤。

他拿起一個被集中擺在牆邊的燈台，借手持燭台的火點燃，在式盤前坐下來，認真地轉動式盤。

燈台和手持燭台的兩個火焰，綻放橘色光芒，照亮了昌親的手。

他離開參議府邸，沒回家而是回到皇宮的陰陽寮，就是為了做這件事。

慢慢轉動式盤的昌親，喃喃自語：

「哥哥在哪……」

出勤後就沒再回家的成親，沒對任何人說什麼就消失了蹤影。

是有什麼理由，自己決定不回家了？還是被捲入了什麼事情，陷入了不能回家的狀況？

這麼做不是為了等待父親回家的孩子們。

而是昌親自己現在覺得非常不安。

他應孩子們的要求說著往事時，忽然湧現的不安瞬間膨脹起來，怎麼樣都無法消除。

他想讓自己相信只是想太多；想讓自己發現根本沒必要占卜，讓自己安心。等哪天成親平安回來，這一切都可以拿來當笑話。事後提起，可能會被成親苦笑著說你有時很膽小呢，那也沒關係。

咔啦咔啦轉動式盤的昌親，額頭冒出了冷汗。

「這是……什麼……」

充滿焦躁與困惑的低喃從嘴巴溢出來。

昌親應該是兄弟中最擅長占卜的一個，雖然功力還不及祖父，但是，連父親吉昌都曾讚嘆地說快被他趕過去了。

不論要占卜什麼、不論心有多慌，都只要一一仔細解讀式盤上顯現的占卜結果就行了。

應該是那麼做就行了。

昌親卻無法解讀顯示的結果。與其說無法解讀，還不如說應該憑藉累積至今的知識、經驗自動冒出來的答案，完全沒有浮現。每當快想出式盤上的字意味著什麼現象時，就會被什麼東西攪亂，消失不見。

明明能理解天盤與地盤所顯示的東西意味著什麼，卻完全無法解讀兩者組合後呈現的占卜結果。

「……」

昌親的心臟不自然地跳動起來。

第一次發生這種事，到底怎麼了？

他按住胸口做深呼吸，自己告訴自己：

「冷靜……在這種時候……」

必須喚醒在記憶深處的父親與祖父的教導。

當無法解讀占卜結果時，可以推測幾個理由。

一是不可以碰觸的事。

二是占卜對象與占卜者本身的命運息息相關。

三是占卜對象不存在於這個世界。

昌親現在想靠占卜知道的是成親在哪裡，並非不可以碰觸的事。

此外，成親與昌親雖是親人，但知道他現在在哪裡，會與昌親的命運息息相關嗎？究竟會不會？昌親認為不會。

排除這兩項，就只剩下「不存在於這個世界」了。

但是，不存在是什麼意思？

有幾種可能性。昌親有自覺，自己刻意排除了其中最糟的可能性。

「呃……」

這個世界除了人界外，還有其他無數的界。

人有時會誤闖境界狹縫。他曾聽說弟弟和祖父被拖進有尸櫻之稱的櫻花的界，也知道愛宕有天狗居住的異境。

如果哥哥在非人界的地方，就可以說明為什麼無法解讀占卜結果。

「若是在非人界，那麼是在哪呢……」

昌親再次轉動式盤。如果不在這裡，應該有線索可以找到他的行蹤。

全神貫注仔細解讀式盤的昌親，完全沒發現背後靠近的腳步聲。

把式盤顯示的方位、位置與京城對照，昌親赫然張大了眼睛。

「咦，九条……？」

低喃的瞬間，有個疑惑的聲音自天而降。

「你在這裡做什麼？」

昌親的心臟跳到最高點。

「哇啊啊啊！」

「哇啊啊啊?!」

心臟差點從嘴巴跳出來的昌親，不由得大叫，回過頭看。

另一個問他在做什麼的人，也大叫著往後退。

看到被兩個火焰照出來的臉龐，昌親動著僵硬的嘴巴說：

「父……親……？」

「這個時間你在做什麼……」

被板起面孔的吉昌質問的昌親，猶豫著該不該回答。

看到兒子滿臉的遲疑，吉昌嘆著氣說：

「真是的，你跟昌浩都是這樣，我們家的兒子真是……」

聽到父親不滿的口吻，產生罪惡感的昌親皺起了眉頭。

「昌浩？去了阿波的昌浩怎麼了？」

吉昌半瞇起眼睛回應：

「我在我父親的房間，聽到應該在阿波的兒子打噴嚏的聲音，你能理解我當時的心情嗎？」

「這……」

他在祖父的房間做什麼？到底是什麼時候回來的？

「我沒辦法，只能不管他……然後，又看到二兒子不知道偷偷摸摸在做什麼，大兒子也無故缺勤，我們家的兒子怎麼都這樣……」

抬頭看到吉昌苦著臉深深嘆息，昌親沮喪地垂下頭說：

「其實是……」

吉昌對下定決心回答的昌親搖搖頭說：

「啊，你什麼都不用說，陰陽師難免有一個或兩個或三個或四個秘密。」

「是，」昌親雖然覺得愧疚，還是接受了父親的好意說：「對不起。」

他抬頭看著父親被橙色光芒照亮的臉。

吉昌的口氣像是在苛責成親的無故缺勤，但是，從他的表情可以知道，他認為成親一定有什麼理由。

吉昌低頭看著兒子，表情和緩了一些。

「事情辦完了嗎？」

「呃，是的。」

「那麼，快點回家。太晚回去，那邊的家人會擔心。」

昌親結婚後就搬進了妻子家，跟妻子、女兒、妻子的雙親住在一起。值得慶幸的是，目前全家人都活得健健康康的。但是，今天天氣這麼差，想必他們心裡都有點害怕。

吉昌交代昌親要記得熄火，說完就走了，昌親對他一鞠躬。

把天地盤轉回原來的位置，再把燈台和手持蠟燭放回原處後，昌親就退出了陰陽寮。

前往的目的地是式盤顯示的九条。

知道成親所在處的線索在九条盡頭。

現在亥時過半，已經是深夜了。

吸滿雨水的蓑衣越來越重，所以，他替自己施加了可以稍微改善的除雨咒和暗視術。

從皇宮出來的昌親，趕著夜路直直走向南方。

◇ ◇ ◇

紅色雷光從平安京城的上空奔馳而過。

靈峰貴船坐鎮於京城北方，有條身纏銀色光芒的龍，降落在這個神域深處的正殿院內的船形岩上。

龍一降落在岩石上，立刻變成了人身。

從烏雲落下來的大雨，也毫不留情地落在貴船神域。

是污穢的雨。

會使樹木枯竭、氣枯竭。

污穢的雨下得這麼久，也會威脅到神域。

貴船祭神高龗神，察覺環繞貴船山的結界，處處出現了破綻，很可能吹進黃泉之風。
補充高龗神神氣的群山氣息，快要消滅殆盡了。
雨再不停，樹木就會枯竭。樹木枯竭，氣就會枯竭。氣枯竭，就會形成污穢。
高龗神已經沒有力氣阻擋吹進神域的陰氣之風。
人們的祈禱減弱，傾向陰的心逐漸被負面思考填滿。
不只京城，全國的人都開始期望不該期望的事。於是，絕對不可以實現的願望，逐漸實現了。
高龗神深深嘆口氣，在船形岩坐下來。
「軻遇突智……」
祂喃喃唸著同一個父親的火神的名字。
伊奘冉所生的孩子軻遇突智，身上的火焰在母親體內造成灼傷，導致伊奘冉尊死於火傷。
伊奘諾在盛怒之下，以十拳劍斬殺了軻遇突智。
高龗神是從那把劍滴下來的血滴生出來的。
死亡是陰的極致。神的死亡被稱為最極致的陰，當陰極返陽，又會從那裡生出好幾柱屬陽的神。
既然如此。
「……」

神的雙眸蒙上陰影。

當這個神死亡時，是不是又會生出好幾柱神呢？

高龗神自嘲似地淡淡一笑，輕輕地搖搖頭。

此地已經沒有可以生出神的神氣、陽氣了。

有個陰謀經過漫長歲月的鋪陳，已經快要完成了。

不只高龗神，所有神的力量都會被陰氣削弱。

傾向負面思考的人類，已經忘了要祈禱正確的事。

他們焦躁、爭吵、憤怒、怨懟、憎恨、嫉妒、羡慕，把這些情緒發洩在其他人身上，以得到一時的噁心、膚淺的快感。

詛咒的話語取代了祈禱。

因此，這個世界的陰氣越來越濃厚，完全沒察覺被黃泉入侵了。

在貴船神社服侍神的神職人員，也幾乎臥病不起，耽擱了每天的祭祀。即使獻上祝詞，聲音也幾乎出不來。連拍手的聲音都混濁不清，根本不能祓除神社的陰氣。

貴船的祭神再次深深嘆息，發出虛弱的牢騷。

「祈禱不足……」

也像是呢喃的聲音，被雨聲淹沒了。

這如果是神威之雨，就能洗淨瀰漫的陰氣了。

只要持續下著污穢之雨，貴船祭神就什麼也不能做。

「陰陽師……」

必須驅逐那些烏雲和紅色雷電，讓雨停下來。

現在唯有精通陰陽的陰陽師才做得到。

◇ ◇ ◇

安倍昌親到達應該是式盤顯示的九条一隅時，差不多快到子時半了。

「是這裡吧……」

小心環視周遭的昌親甩甩頭，想甩去從剛才就一直爬上背脊的寒氣。

被雨淋溼的泥濘道路，比想像中更難走，到處都積水積成了水池。

厚厚纏住腳的泥巴是冰冷的，冷氣彷彿從腳底鑽進來，爬上了體內。

除雨咒起了作用，但是，踩著淹到腳踝的水走到這裡，昌親已經凍壞了。

昌親淋著冰冷的雨，在沒多久前到達被燒毀的府邸廢墟。

原本住在這裡的，是來自阿波國的藤原一族的夫妻。

幾天前，突然起火，把府邸燒得精光。聽說那對夫妻是被煙嗆死了，還是被火燒死了，總之沒有來得及逃生。

「線索在這裡……？」

根據昌親的占卜，可以得知哥哥下落的線索，會在這裡出現，可是……

「真的是這樣嗎？」

屋頂、牆壁都被燒到坍崩，燒成黑炭的柱子、梁木的殘骸，被雨淋得快腐爛了，灰燼沉落在處處可見的積水裡。

火勢可能延燒到了算是寬闊的庭院，沒有留下任何花草樹木，圍牆也到處崩塌。

因為門也燒光了，所以昌親毫無阻礙地進入了院內。

聽說在這裡燒死了兩個人。

死亡的污穢可能被大火淨化了，但是，火災廢墟也可能有妖孽聚集。

「會不會有什麼呢……？」

小心往前走的昌親，忽然站住了。

「冷……？」

他知道會冷，因為現在是深夜，氣溫可能下降了，雨又下個不停。

這些條件齊聚，當然會冷，可是不知道為什麼，昌親覺得原因不只這樣。

每吸一口氣，冷度都會增加。冰冷的空氣在肺裡擴散，遍及全身，體溫和氣力似乎隨著呼吸被奪走了。

「是陰氣……？」

聽說疾病在京城蔓延，到處都有人死亡。這幾天內，皇宮裡也有好幾個侍女、雜役斷氣身亡了。

幸運的是，昌親的家人都平安無事，老家的人也是。但是，能平安到什麼時候呢？那個咳嗽的疾病，威勢猛烈到讓人不禁這麼想。

紅色光芒照亮附近一帶，稍後響起的雷鳴震耳欲聾。

「很近呢。」

昌親抬頭看著烏雲，喃喃低語。紅色閃光劃過，響起比剛才更劇烈的雷鳴。

把手抵在額頭上擋雨的昌親，神色黯淡，思索著究竟多久沒有太陽了？

「有太陽的話，起碼能……」

起碼能讓京城的人開朗起來——就在他這麼想，嘆口氣的時候。

好像聽見「咕嘟」的奇妙聲音，夾雜在雨聲裡。

「嗯……？」

昌親環視周遭。

「什麼聲音……？」

是笨重的悶響聲，感覺很像一團空氣從水池底下冒出來。

環視庭院的昌親，視線落在某個地方。

那裡乍看像是庭院裡處處可見的黑色積水，但是，定睛細看，會發現比其他積水深。從府邸與庭院的位置來看，可能是損毀的水池。

就昌親所見，裡面不像有魚、蟲等生物，也沒有水草，積水因為泥沙變得混濁。

在他盯著看時，從底下冒出來的大水泡爆裂，水花四濺。跟雨滴打在水面上掀起的波紋不一樣的其他水泡，從水池底下浮上來，挨個兒破裂。

剛才聽見的「咕嘟」一聲，是這些泡泡從泥底下冒出來後爆裂的聲音。

昌親原以為是有空氣積在泥下面，形成了水泡。

「……」

但是，有種違和感，於是他慢慢靠近水池邊。

大水泡發出澎澎悶響，挨個兒浮出來。威力逐漸增強，還濺起了大水花。

「……」

昌親有不祥的預感，邊注視水池邊小心向後退。庭院裡的積水淹到腳踝或膝蓋下，好像緊緊把腳纏住了。

忽然，昌親聽見不同於雨聲的其他水聲，無意識地掃過視線。

浸泡雙腳的黑色積水水底，整片都是比雨滴更小的無數隻眼睛，正張開盯著昌親。

「啊！」

不由得屏住氣息的瞬間，響起特別響亮的咕嘟聲，一大團白色的東西從池子底下跳出來。衝破黑色水面的東西，很快向四面八方散去。

昌親瞠目而視。

「蝴蝶……?!」

是一大群白色蝴蝶。數不清的蝴蝶縱橫交錯地飛來飛去，飛到渾然忘我的模樣，也像是拚命想逃開什麼。

「咦……蝴蝶從泥底下……？」

嘟囔聲裡充滿大過驚訝的困惑。

不可思議的蝴蝶；在這種下雨的夜晚，從水池底下成群冒出來的蝴蝶。

哪有在下雨天飛的蝴蝶呢？起碼昌親沒見過。

應該不是一般的蟲。

既然不是一般的蟲，那會是什麼？有著蝴蝶的形狀、蟲的形狀，在黑暗中會綻放微弱的光芒，仔細看像是翅膀有什麼圖案的白色蝴蝶。

定睛凝視的昌親大吃一驚。

「啊……」

翅膀上的圖案是人的臉。

屏氣凝神，可以清楚察覺到白色翅膀拍動時散落的靈力。

「是虫啊……」

沒多久，一隻白色蝴蝶帶領著蝴蝶群，描繪出大大的軌跡。

不知為何，翅膀跟其他蝴蝶相比顯得歪七扭八的那隻蝴蝶，讓昌親無法移開視線。

歪七扭八的蝴蝶，不時會纏繞銀色閃光，邊飛邊撒落光的碎片。
昌親認得那些四散的光的波動，心跳大大加速。
「哥哥……？」
不會錯，自己不可能搞錯。
是下落不明的哥哥成親的靈力，纏繞著那隻白色蝴蝶。
盯著那隻蝴蝶模樣的昌親，發現那不是一般蝴蝶，而是式。
而且，不僅是式，還是很久以前，年紀相差懸殊的弟弟第一次做的式。
為什麼會在這裡出現跟那個式一樣的東西？
只有當事人、祖父、自己跟哥哥看過那個式。
「哥哥……」
昌親不由得喃喃叫喚，蝴蝶的式就突然改變了方向。昌親很自然地伸出雙手，迎接直直飛向自己的式。
飛到昌親手上的蝴蝶，綻放出雷電般的銀白色閃光。
——引導……它……飛向……現世……
掠過昌親耳朵的是哥哥帶著喘息的痛苦聲音。
心臟撲通撲通狂跳起來。
蝴蝶的外形如鬆脫般瓦解潰散，做出式的形狀的靈力，穿越過昌親消失了。
由式帶領的白色蝴蝶群，一圈圈圍繞著昌親盤旋。

無數的聲音在耳邊響起。

——這裡是

——哪裡

——救救我

——我好害怕

——我要回家

——快啊

——救救我

——救救我

——快啊

——再不回家

——這樣下去

——會死掉

——我不要……

「……！」

昌親突然想到，這些是不知為何從人體脫離出來的魂的斷片吧？

雖然不知道為什麼會變成蝴蝶的形狀，但無數蝴蝶散發出來的，的確是人的魂散發出來的靈力。

不過，數量如此龐大的魂，到底是從哪冒出來的？

還有，讓式引導它們的哥哥，現在在哪裡？

疑惑的昌親的腦海，忽然閃過什麼。

「魂的……斷片？」

不知為何，浮現腦海的是陰陽寮的陰陽得業生藤原敏次。

不久前，藤原敏次劇烈咳嗽，還吐出驚人的大量鮮血，心跳暫時停止，一半的魂脫離了身體。

昌浩設法找到那一半脫離的魂，送回了宿體，敏次才勉強生還。

才剛從死亡邊緣回來的他所說的沉重話語，在昌親耳底響起。

——我感覺死亡在昨晚來到了皇宮。

大量吐血伴隨著劇烈咳嗽。

那個疾病正在盛行，皇宮裡也有人死亡。聽說，京城到處都有人死亡。還聽說不只京城，根本是全國都在流行咳嗽的疾病。

「不會吧……」

昌親的背脊一陣涼意。

敏次可以獲救，是使用了停止時間的法術，讓留在體內的魂不再脫離。若不是陰陽寮的人團結一致，把陷入死亡的敏次救回來，他就真的死了。

如果死了，脫離宿體的魂會去哪呢？

被太過恐怖的想像困住的昌親呆若木雞。
如果這些蝴蝶真的是從宿體脫離的魂的斷片，那麼，來這裡之前是在哪裡呢？
還用問嗎？當然是在那裡。
只要沒走錯路、沒有迷惑，死者的魂都只有兩個去處。
那就是渡過河川去對岸的冥府，或是從被大磐石擋住的坡道下去黃泉。
不論去哪裡，那裡都不是現世。脫離宿體的魂會去的地方，或是會被拉去的地方，是不同於現世的世界。
是活人絕對不能去的地方。
「……」
昌親的心臟撲通撲通狂跳，眼角發熱，呼吸困難。
那個帶著喘息的痛苦聲音，聽起來就像快筋疲力盡了。
怎麼可能？為什麼？
「哥哥……！」
他硬擠出聲音大叫的瞬間，從魂虫群跳出來的水池底下，噴出可怕的妖氣漩渦。
「啊！」
昌親倒抽了一口氣。
散發著可怕妖氣的妖魔，一個接一個從積水的水窪底下湧出來。

蝴蝶群用力拍動翅膀，試圖遠遠逃離妖魔，哪怕是逃離一點也好。然而，可能是被大雨淋溼的翅膀太重，高度逐漸下降。

不對，昌親想到可能不只是因為那樣。

如果真如昌親所想，這些蝴蝶是魂的斷片改變後的模樣，那麼，它們就沒有可以稱為容器的宿體保護，連靈體都不是，完全處於裸露的狀態。淋到會削弱氣力的雨，靈力肯定會逐漸減弱。

密密麻麻擠在積水下面的無數隻眼睛，直盯著在靠近水面的地方拚命飛翔的幾隻蝴蝶，等著它們筋疲力盡掉下來。

妖魔喜歡人類的生氣，完全裸露的魂是頂級食物。

另外，從水底湧出來的妖魔群，在不知不覺中包圍了飛來飛去的蝴蝶和昌親。

妖魔的妖氣形成圍牆，把蝴蝶趕進圍牆裡。這樣下去，會全部被抓走，一隻也不剩。

彷彿覺得事不關己的昌親，忽然發現一件事，眨了眨眼睛。

「啊……我也是。」

終於想到自己也一樣無路可逃的昌親，緩緩環視妖魔群。

不可思議的是，他並不害怕，反倒是比較疑惑為什麼會變成這樣。

然後，有個想法浮現腦海。

雖然搞不清楚怎麼回事，但是，想必弟弟經常遭遇這種狀況，哥哥也應該偶爾會遇到。

「他們兩人都很厲害呢。」

昌親邊嘟囔，邊緩緩張開雙手，深吸一口氣。溼氣重又冰冷的空氣流進肺裡，有點喘不過氣來。

就在妖魔撲過來的同時，昌親拍手了。

儘管被雨淋溼了，相互拍擊的雙手依然發出了洪亮的聲響。

被拍手的音靈彈飛出去的妖魔群，連翻幾個觔斗重重摔在地上。昌親趁妖魔邊散落驚人妖氣邊濺起泥沫翻滾時，又以右手結印，快速畫出五芒星。

地面刻劃出很大的金色五芒星，形成光壁包圍了昌親和蝴蝶群。

蝴蝶群微微抖動著翅膀，似乎比較安心了。但是，昌親苦撐到臉都扭曲了。

「不行啊……」

閃爍著金色光芒的光壁，到處都很薄弱，快要破掉了。而且，光芒從淋到雨的地方開始減弱消失。

不知不覺中消耗了太多靈力，這個結界維持不久。

昌親自知沒有能力擊潰這些妖魔。

有法術可以暫時封住妖魔，但是，他連那麼做的靈力都不剩了。

「哥哥……」

以前他對哥哥作過承諾。

他對下定決心繼承祖父的成親說，會讓自己成為他的左右手。

哥哥笑著說拜託你了。

然而，現實呢？別說是成為左右手，現在連要幫可能去了遙不可及的地方的哥哥都幫不了。

妖魔群逐漸縮小了包圍。五芒星的結界被擠壓得彎曲變形，可以清楚看到處處出現了細細的龜裂。

害怕的蝴蝶群抓住昌親不放。因為無數的蝴蝶不斷聚集過來，視野都被白色翅膀遮蔽了。

妖魔的咆哮聲轟然雷動。在妖氣的壓迫下，結界牆壁終於碎裂了。法術反彈到昌親身上，讓他不由得跪下來，頭部也因為衝擊產生嚴重暈眩。

剎那間。

在妖魔的包圍圈外，從深深塌陷的水池底部，響起咕嘟聲。

聲音真的非常小，卻不知為何清楚地傳入了昌親的耳裡。

同時，感覺有風吹過臉頰，昌親的心臟在胸口深處狂跳起來。

「……」

那是他熟悉的風。

不是帶著雨糾纏不清的溼氣重又冰冷的風，而是涼快清爽、乾燥的風。

——可是……

遙遠的某日的交談，清晰重現在逐漸模糊的意識角落。

——如果……如果哪天出現實力比我更強的人……

妖魔群喧鬧騷動，驚人的妖氣吸取附近一帶的陰氣，猛烈噴發。

可能是壓抑太久，妖氣比剛才強烈好幾倍，昌親和蝴蝶差點被擊垮。

與妖氣混合後冷到讓人凍僵的陰氣，就快將他們吞噬，昌親擠出僅剩的力氣，再次築起小小的結界。

掃蕩泥巴往上吹的風，與陰氣相衝撞，從呼嘯翻騰的龍捲風中心，爆發出清淨的神氣和銀白色的閃光。

如雷電般的銀白色閃光，與纏繞那隻歪七扭八的白色蝴蝶的閃光一樣。

——如果有那麼一天，我們就成為那個人的左右手吧。

響起強烈的耳鳴，世界扭曲變形，整個視野都被染紅了。

是有人開啟了次元的狹縫。

兩個身影強行撬開通往異界的路，從那裡跳出來。

昌親拚命抬起如鉛塊般沉重的頭，整張臉糾結起來。

「昌浩……！」

4

祈禱。
祈求神明。
向神祈禱。
求神庇佑。
求神讓我保護
所有一切。

把雨和妖魔都掃飛出去的十二神將太陰的風，捲起更強烈的漩渦。

「看招！」

用一團風擊潰妖魔群的太陰，看到躲在暗處的白色蝴蝶群，露出鬆了一口氣的表情。

「太好了，趕上了……咦？」

群聚如山的蝴蝶震動搖晃，有東西從裡面爬了出來。

擺好架式的太陰，發現爬出來的是熟悉的臉孔，驚訝地張大了眼睛。

「昌親?!你怎麼會在這裡！」

聽到太陰的叫聲，正要對妖魔施加法術的昌浩，瞬間停止動作。

「哥哥？」

昌浩的視線掃過成團的魂虫，看到在小小結界中，滿身都是魂虫的人，的確是二哥昌親。

「太陰，魂虫和我哥哥交給妳了！」

淒厲的風從昌親耳邊呼嘯而過，響起悶重的啪喳聲。昌親嚇了一大跳，看到太陰的風矛擊潰了躡手躡腳靠過來的妖魔。

太陰降落在昌親與妖魔群之間，喘著大氣威嚇：

「再靠近就殺了你們……！」

昌浩拍手後，在胸前將雙手合十。

「恭請奉迎！」

他快速掃視妖魔群。被長久下不停的陰氣之雨覆蓋，人界已經充滿了陰氣。不只這樣，他還發現潛藏在積水裡的邪念蠢蠢欲動。

「天滿大自在天神降臨！」

詠唱聲雷動的同時，從昌浩和太陰跳出來的次元狹縫的洞口，迸發出銀白色的閃光。

差點被刀刃般的光芒刺瞎的昌親，反射性地舉起手臂遮擋，閉上了眼睛。

震撼地面的轟隆聲痛扎耳朵，火辣刺痛的震盪穿越全身。

「這是……」

昌親不由得在手臂遮擋下張開眼睛，看到纏繞全身的又重又冷的陰氣，都被剛才的震盪清除得乾乾淨淨了。

從指間悄悄一看，是太陰的風阻擋了雨滴。

「昌親，你怎麼會……找到魂虫……」

因為喘得太厲害，太陰的詢問變得斷斷續續，昌親皺起眉頭反問她：

「魂虫？」

「是啊，那些白色蝴蝶是魂的虫啊，魂虫。」

「原來如此。」

感覺太陰言外之意是在說，那可不是野外常見的彩虹色的金花蟲。昌親讚嘆地點點頭，心想的確是魂的虫沒錯。

「對了，太陰，把這些蝴……魂虫帶來這裡的人，應該是哥哥的式……」

「唔……！」

太陰的肩膀劇烈顫動到旁人都能察覺，昌親看到她的表情，不禁把已經到嘴邊的話吞下去。

桔梗色的大眼睛泫然欲泣。再仔細看，會發現她的臉頰有淚痕。

昌親的心臟在胸口深處怦怦狂跳起來。

他緊盯著太陰忘了眨的眼睛。

再回神時，他的雙手已經抓住了太陰的小小肩膀。

「發生了……什麼事？」

這句詢問冷靜到連昌親自己都覺得驚訝。

太陰顫抖的嘴唇、再次從臉頰滑落的淚水，讓昌親知道曾多次否定的最糟糕的猜測沒有猜錯。

從界的狹縫的彼方——沉滯之殿——召喚來的雷擊，讓妖魔群的行動暫時變得遲鈍。

昌浩用左手握住衣服下面的勾玉，單膝跪地，把右手心抵在地面上。

充斥人間的陰氣會帶給黃泉妖魔力量，淋著雨的妖魔群蠢蠢欲動。

不論使用多麼強烈的法術，也很難在目前的人界殲滅這些妖魔。

殲滅妖魔鬼怪需要神的保佑，以及可以自由操縱這個保佑的強大靈力。

但是，昌浩的靈力被成親的法術封鎖了。

而且，因氣枯竭而形成污穢的人間，陽氣正在枯竭，比起陰氣顯然不足。

若說陰是黑暗，陽則是光亮。在黑暗中點燃光亮，人就能找到神而獲救。

但是，現在人間沒有光亮、沒有希望。

就像神治時代，天照大御神躲進天岩戶洞窟裡那樣。

這個世間不論白天或晚上，都覆蓋著黑暗、吹著冷到讓人凍僵的風、疾病蔓延、死亡充斥、黃泉妖魔猖獗跋扈。

從人們口中說出來的話，都是悲哀與恐懼的言靈。從那些話衍生出更負面的思考，使身心都變得污穢，然後黃泉之風會來帶走被斷念束縛的心。

這樣的脈絡又會招來古代的咒語。

「此聲乃神之聲……」

唸誦的聲音快啞掉了，昌浩把力量集中在喉嚨，向勾玉祈求力量。

祈求勾玉將散發妖氣的妖魔群送回原處。

「伊吹戶主神，請將罪穢遠遠驅至根之國底之國。」

與昌浩的咒語相呼應的道反大神的神氣，從抵在地面上的手心擴散出去。

道反大神是隔開兩界的大磐石的化身，所以，要制止闖入人界的妖魔群的行動，把它們送回原處，或許沒有比祂更適合的神了。

妖魔群似乎看破了昌浩的意圖，散發出來的妖氣捲起強烈的漩渦。狂吹的陰氣之風要把妖魔從那個地方吹走，但被太陰的龍捲風相互抵消了。

「伊吹、伊吹啊，此伊吹，成為神之伊吹……！」

大神的神氣攫住妖魔群，把它們拖進了次元的洞穴。

令人背脊發涼的咆哮聲劃破雨聲，紅色雷電一次又一次奔馳而過，怒吼般的雷鳴震盪著昌浩的耳朵。

紅色閃光陰森森地照亮了京城，那畫面就像整個京城都被鮮血染得通紅。

臉色蒼白的昌浩，無意識地低喃。

「非陽光……不可……」

必須突破布滿天空的厚厚烏雲，把天津神的庇佑帶回人間，才能徹底祓除這個陰氣。

如果陽光能夠從雲間照射下來就好了，即使只有一道也好。

記紀裡的天岩戶洞窟那段記載，閃過昌浩腦海。

沒錯，據說受不了素戔嗚尊的橫行霸道而躲起來的天照大御神，稍微打開天岩戶洞窟的岩門就露出了光芒，儘管只是一絲絲的光芒。

昌浩抬頭看著閃過紅色雷電的烏雲，緊緊握起雙拳。

必須驅散這片雲，終止陰氣之雨，迎來天照大御神的光芒。

「對了，貴船……」

是不是能靠守護京城北方的龍神的力量，把積滿的陰氣都沖到京城外呢？

把陰氣稍微推開，讓神氣、陽氣降落人間。

「太陰，去貴船……」

正要轉身的昌浩，突然一陣天旋地轉。

「昌浩……?!」

大驚失色叫喊著的人是二哥。

雨聲聽起來好吵。在身體受到撞擊的同時，濺起了水花，身體的右半部感覺特別冰冷。

緩緩張開眼睛的昌浩，發現自己的右半身泡在積水裡，滿面愁容。

似乎是在短短一次呼吸的時間裡失去了意識。

他還有很多事要做，不能在這個時候倒下去。

然而。

他想爬起來，身體卻不知為什麼使不上力。

瞬間他有點焦慮，擔心是不是把勾玉裡的神力都耗盡了，直到感覺到神氣的波動，才鬆了一口氣。

「昌浩……！」

發出嘶啞叫喊的是太陰，她毫無血色的蒼白臉頰令昌浩心痛。

然後，他的肩膀和手臂被抓住，上半身被從積水中拉起來了。

背部靠在二哥臂彎裡的昌浩，重複著短淺急速的呼吸，悄悄抬起了視線。

他覺得、真的只是覺得，可能會挨罵。

回想起來，昌浩被父親、祖父、大哥、神將們兇過罵過，卻從來沒被二哥兇過。必要時，在昌親開口說什麼之前，總是會有其他人先斥責昌浩，所以，他總是在安撫那個其他人，或介入排解、或袒護昌浩。

即使沒那麼做，他也幾乎不會大聲責罵或露出兇狠的表情。他大多是鄭重指出昌浩的過錯、失誤，給予諄諄教誨，很難想像他生氣的樣子。

「……」

不知道多久沒這樣仔細端詳二哥昌親的臉了。

低頭看著昌浩的昌親，整張臉都皺成了一團。

水滴沿著哥哥的臉滑落下來。當昌浩發現那不是雨水，而是盈眶的淚水流下來時，受到很大的震撼，頭腦一片空白。

眼角餘光掃到太陰的風正如雨傘般擋開雨滴。

「……」

昌親把臉靠在昌浩的肩膀上，抖動著肩膀哭泣。

拚命憋住聲音的昌親，似乎一直在忍耐，終於忍到不能再忍了。

「……昌親哥哥……」

昌浩出聲叫喚，就聽到哥哥用含混不清的聲音說：

「那些蝴蝶……」

昌浩眨眨眼睛，知道他說的是魂虫。

環視周遭的昌浩，看到待在五芒星裡的魂虫們，鬆了一口氣。
「那些是因病脫離身體的……一半的魂，所以……」
所以，回到身體裡應該就可以把人救回來。
沮喪的太陰對正要接著那麼說的昌浩搖搖頭。
「咦……」
「已經……不行了……」
魂虫彷彿以這句話為信號般，一隻接一隻瓦解消失了。
「咦……」
聽不懂太陰在說什麼的昌浩，頭腦一片混亂。不行是什麼意思？
「我聽太陰說了，」昌親終於抬起了頭，「那些是……被黃泉奪走的一半的魂……它們被拖進了黃泉入口的大磐石後面……是哥哥放了它們……」
因為淚水，哥哥的聲音斷斷續續，昌浩聽完後茫然地點著頭說：
「跟敏次大人的時候……一樣……送回宿體……就能……」
說到這裡，昌浩被自己的話驚住了。
「一樣……？」
跟敏次一樣。敏次倒下時，呼吸和心臟都停止了，也就是說……
一半的魂在咳嗽、吐血後脫離身體，呼吸就會停止，心跳也會停止。即使能暫時撐住，不想辦法搶救，另一半的魂也會在不久後脫離身體。

必須像敏次那樣，施加停止時間的法術，或是像脩子那樣，用其他的魂替代魂繩，把另一半的魂留在宿體裡，否則就會死亡。

從表情的變化推測昌浩已經想到這個結論的昌親，露出難過的神情，靜靜地低下頭。

「怎麼會這樣……」

嘶啞的聲音從昌浩的嘴唇溢出來，融入雨聲裡。

成親遍體鱗傷地放走魂虫的身影，閃過昌浩腦海。

那麼，哥哥做的事……

「啊……」

感覺整個世界都扭曲了。灰心沮喪的昌浩，緊緊咬住了嘴唇。

「對了……」

昌浩低聲沉吟，望向在五芒星守護中的剩餘魂虫。

罹病的人當中，也包括內親王脩子。風音正守著脩子的宿體，至少可以把脩子的魂虫送回宿體。

「公主殿下的魂虫應該在這裡面……」

聽到昌浩如祈禱般的低喃，昌親瞪大眼睛回頭看結界。

「公主殿下的？」

太陰也愕然抬起頭，屏住氣息。

「是的，我承諾過會救公主殿下……」

說到這裡，昌浩緊緊交握雙手。

他承諾過，承諾會救公主殿下、會救大家。是的，他承諾過。

痛徹心扉的昌浩，緊咬嘴唇，甩甩頭，想甩去那樣的痛。

昌親的結界裡只剩下幾隻蝴蝶。在逐漸瓦解消失的蝴蝶當中，應該有一隻是脩子的魂虫。

但是，在昌浩的注視下，所有魂虫都消失不見了，只剩下一隻，就是那隻形狀歪七扭八的白色的式。

昌浩、昌親和太陰，驚愕地盯著結界。蝴蝶的式搖搖晃晃往下墜，掉進泥水裡。被注入式裡如靈力和火花般的閃光，瞬間被水底的邪念吞噬，消失不見了。

沒有東西可保護的結界，搖搖欲墜，越來越薄弱。昌親單手默默一揮，結界就悄然消失了。

三個人沉默了好一會，只聽見大雨打在積水上的聲音。

沒多久，昌浩雙手抵在泥水裡，顫抖著肩膀哭泣。邪念聚集到昌浩手上，但是，遇到掛在胸前的勾玉散發出來的波動，立刻嘩地散去了。

昌浩感覺有來自遙遠某處的神氣，逐漸擴大包住三人。

沒有內親王脩子的魂虫，是在某處走失了嗎？還是——

昌浩緊握抵在泥水裡的雙手，努力甩開最糟糕的推測。

耳邊傳來平靜的叫喚聲。

「昌浩……大哥他……」

昌浩的肩膀劇烈抖動。他張大眼睛轉移視線，正好撞上二哥的目光。二哥的臉上並沒有責怪昌浩的意思。

昌浩張嘴想回答，喉嚨卻緊繃到發不出聲音。

「成……親……大……哥……他……」

他在黃泉入口所在的沉滯之殿，與許多妖魔群對峙，放出被關在竹籠眼籠子裡的神、放走被拖進大磐石後面的魂虫們，最後死於智鋪祭司的劍下——。

「唔……」

昌浩拚命動著嘴巴，卻還是發不出聲音。無論如何，他都無法親口說出這個事實。

與成親只差兩歲的二哥，跟大哥一起生活的時間比昌浩長很多。不知道二哥會多麼傷心，昌浩實在不想面對。

昌親對沉默不語垂著頭的昌浩說：

「抬起頭來，昌浩。」

被意想不到的堅強語氣催促，昌浩詫異地看著昌親。

以嚴肅的表情看著昌浩的昌親，眼睛都紅了。

「大哥把事情委託給你，貫徹了自己的意志……直到最後一刻……直到死去……對吧？」

這句話不是在詢問，而是在作確認。昌浩動動僵硬到嘎吱作響的脖子，勉強點點頭。

昌親馬上高高揚起眉毛，表情激動扭曲。

「那傢伙……！」

說完這句話，昌親就顫抖著肩膀哭起來了，昌浩和太陰都半啞然地看著他。

用左手按住眼睛的昌親，憋住聲音顫抖著肩膀半晌後，才抽搐似地吸了一口氣。

「他總是……這樣……想一個人扛起所有的事……扛不起來的時候，就推給你……！」

「咦……」

沒料到昌親會這麼說的昌浩，猛眨著眼睛。

「呃……那個……可是……」

昌浩想說那也是沒辦法的事，但是，看到昌親怒氣沖沖的眼睛就閉嘴了。

「最後甚至回不來了……太任性了……！」

然後，昌親用半呆滯的眼神瞪著昌浩。

「你也一樣，昌浩！」

「咦？」

矛頭突然轉向自己，昌浩大吃一驚，眼神不由得飄來飄去。
移動的視線找到太陰，立刻露出求救的眼神，但是，交互看著昌親與昌浩的太陰拚命搖著頭。
昌親伸出手，抓住昌浩的雙肩。
「你跟大哥一樣，總是什麼都不說，就選擇最危險的道路。我每次都在事情結束後才被告知，你也設身處地為我想想嘛，知不知道我有多麼……」
昌浩看見大顆淚水從生氣的哥哥的眼睛裡滾落下來。
那模樣比被他罵、被他斥責，都更讓昌浩心痛。
「我有多麼……懊惱……！」
「……」
昌親的話出乎昌浩意料之外，他瞪大眼睛，目不轉睛地盯著二哥。
不知為何，感覺一直緊繃著的某種東西，忽然鬆弛了。
再發生什麼事，就可能馬上斷裂的某種東西一鬆弛，身體就整個虛脫了。
昌浩想對垂著頭的二哥說些什麼，但是，整理不出頭緒，不知道該說什麼，最後只說出了一句話。
「對不……起……」
他像個孩子般只說了那句話，沮喪的二哥對他搖搖頭說：
「不行，我不原諒你。」

「對不起。」

「道歉也沒用……你跟大哥一樣，這樣下去，你也會回不來。」

「才……」

差點反射性衝口而出的「才不會呢」這句話，卡在喉嚨裡。

他知道那只是用來逃避眼前窘境的託辭，不久後就會成為謊言。

那句話可以對任何人說，就是不能對二哥說。

昌浩是陰陽師，昌親也是陰陽師，他不能對陰陽師說謊。

在雨中望著二哥的昌浩，半晌後喃喃說道：

「我……想回來啊……」

聽到昌浩語尾嘶啞無力的聲音，昌親抬起頭看著他。昌浩看到他疑惑的表情，又重說了一次。

「我想回來……我想回來啊，可是……」

可是，他怕如果那麼想，可能會在某個時候崩潰，再也振作不起來。只要有一絲絲的眷戀、掛念，就可能在緊要關頭成為絆腳石。

所以他覺得必須拋下那些東西。

「我……不夠強……所以要更努力……才能做到像成親大哥那樣。」

想到自己的無力，昌浩垂下了眼睛。昌親憤怒地說：

「你以為大哥很強嗎？」

看到昌浩臉朝下默默點頭，二哥難以置信地說：
「你這個傻瓜，大哥是很強、很會裝強，但是，有一半是虛張聲勢。」
「咦……」
昌浩不由得回看昌親一眼，昌親含著淚滔滔不絕地說起來。
「他只是讓他的虛張聲勢都成為事實，在強撐中讓自己變強，所以，他是很厲害的人，我很尊敬他，但是，現在他讓弟弟這麼傷心、這麼悲嘆、這麼生氣，還拋下了妻子、孩子、家人，這樣的他糟透了、太差勁了，是個大混蛋。」
「咦……」
感情表露無遺、語氣激動的昌親，哭得唏哩嘩啦。
「你也一樣，昌浩。你又不是一人人外魔境的爺爺，竟然想一個人扛起所有的事，也太自不量力了！」
「一人人外魔境……？」
啞然低喃的是束手無策地聽著兄弟對話的太陰。
被當面喝斥的昌浩，完全投降，說不出半句話。
「既然救不了公主殿下和其他魂虫，那麼，大哥不就白死了？你卻還要重蹈大哥的覆轍？憑什麼要為了神治時代的咒語，讓我們重要的家人去死？我才不管那個咒語會怎麼樣，我現在真的、真的非常生氣！」
昌親怒不可遏的滔滔雄辯太驚人了，昌浩被他完全出乎意料之外的憤怒模樣嚇得說不出話來，昌浩旁邊的太陰也像在看什麼奇特的景象。
被二哥的氣勢壓倒，全身緊繃聽著二哥說話的昌浩，忽然皺起了眉頭。
剛才有個奇怪的感覺。
正疑惑是什麼的瞬間，怒吼聲自天而降。
『你們幾個陰陽師在這裡做什麼！』
昌親、昌浩、太陰同時抬頭仰望。
大大張開翅膀的道反守護妖，背對紅色雷光閃過的烏雲，雙眉直豎。
「嵬……？」
雷鳴轟隆，掩蓋了昌浩茫然的嘟囔。響起另外的叫喚聲，與雷聲重疊。
「昌浩——！」
包括嵬在內，四雙眼睛同時朝向北方。
纏繞身上的閃光如火花般閃閃發亮的白色怪物，和十二神將勾陣往這裡直直衝過來。
兩個人的後面還有伊勢神使益荒，在屋頂和牆壁上跳著跑過來。
在小怪他們快到達前，躲在黑暗和雨中的妖魔群，衝到了他們前面。
昌浩驚訝地想竟然還有那麼多隻，還來不及站起來，勾陣已經從腰帶拔起了一支筆架叉，小怪的紅眼睛也亮起厲光，全身迸發出火焰漩渦般的火花。
筆架叉一揮，就以雷霆之速砍斷了好幾個身影。然後，強烈的波動瞬間把那些身影彈飛出去，那股波動帶著跟十二神將騰蛇的神氣不一樣的熱氣。

不只妖魔，連充斥附近一帶的陰氣之風、大雨，都被那股波動強力推走了。

昌浩瞠目結舌。厚厚低垂到那種程度的烏雲，像是被衝過來的小怪撞破般裂開來，不再下雨了。

出現一條被小怪的神氣劃開般的線，在那裡形成了陰氣的狹縫。

「昌浩！還有……昌親?!」

降落在九条府邸廢墟的小怪，看到意料之外的昌親，眨了眨眼睛。

從小怪身上迸發出來的如閃閃發亮的火花般的閃光，在附近四散，昌浩感覺泥水底下的邪念突然騷動起來。

泥水微微掀起波紋，沒多久就靜止了。

原本濃濃盤據九条府邸廢墟的黃泉陰氣，轉眼不見蹤影，逃離了神將們與神使。

5

「小怪……勾陣……」

搖搖晃晃站起來的昌浩，茫然地低喃，自覺胸口一陣驚顫。

十二神將最兇悍與第二強的眼神好可怕。

想到出來前做了什麼事，昌浩就冒出一身冷汗。

看到小怪就倒吸一口氣的太陰，也躲到昌親背後。這種時候她不該嚇成那樣子，可是沒辦法，身體就是會不由自主地動起來。再加上昌浩對同袍做了那種事，讓她更不想與他們視線交接。

眼神飄來飄去的昌浩，忽然眨眨眼睛仰頭看，把雙手的手心朝向天空。

雨停了。不對，不是停了。京城上空依然是烏雲密布。除了被小怪發出來的火花驅散而變得薄弱的地方之外，都還繼續下著雨。

而且，可能是心理作用，覺得呼吸變順暢了。把氣吸進去，胸口也不冷了。

躲在積水底下的邪念，也在不知不覺中逃之夭夭了。

現在全京城恐怕只有這裡是陽氣勝過陰氣。

向著愣頭愣腦的昌浩飛下來的嵬，在他眼前激動地拍著翅膀。
『安倍昌浩，魂虫在哪裡！』
毫不掩飾焦躁的聲音，在耳邊震響，昌浩猛然回過神來。
比小怪和勾陣晚一步降落在九条廢墟的益荒，直接走向昌浩，把停在半空中的嵬一把推開。
『幹嘛啦?!』
失去平衡掉下來的嵬，在掉進泥水前重整姿勢。
啪唦啪唦拍動翅膀，上升到益荒眼前的嵬，豎眉瞪眼。
『你太沒禮貌了！當我是誰啊！』
昌浩從後面用力抓住了烏鴉。
『嗯?!』
「魂虫……」
努力思索措詞的昌浩，嘴唇顫抖起來。
「嵬……怎麼辦……公主殿下的……公主殿下的……魂虫……」
昌浩再也說不下去了，氣喘吁吁。
「公主……殿下……！」
風音拚了命保住的脩子的命，恐怕不行了。
強忍著忍到現在，終於忍不住的情緒快爆發了。

成親撬開黃泉的大磐石，放出被帶去黃泉的魂虫們，讓式引導它們來到人界，全都白費了。

從黃泉逃出來的魂虫們，瞬間就被人界的陰氣削去了靈力。

當中一定也有內親王脩子的魂虫，卻全部瓦解消失了，一隻也不剩。

小怪和勾陣滿頭霧水地看著昌浩，昌親則在他們耳邊說明了來龍去脈。

兩名鬥將瞠目結舌，相對而視。

小怪忍不住想開口說些什麼，又不知道該對失去哥哥的兩人說什麼，只是嘟嘟囔囔地動著嘴巴，最後沮喪地垂下頭。

勾陣也跟它差不多。對她來說，他們都是出生就在身邊長大、由神將們精心培育、有著特別期待的安倍家的孩子。少了一個的事實，足以對神將們造成又深又重的打擊。

「魂虫……全部……潰散了……」

擠出來的聲音悲痛不已。

嵬不再掙扎，轉向昌浩，不悅地蹙起眉頭。

『潰散？』

昌浩滿面愁容地低著頭。

「形狀瓦解……潰散，然後……」

自己說的話深深刺傷了自己，快要站不住的絕望感湧上來，讓他雙手無力。

嵬扭動身體，掙脫出來，看著昌親說：

『魂虫在哪裡消失的？』

在愁眉苦臉的昌親所指之處盤旋一圈的嵬，啪吵啪吵拍動翅膀飛到太陰頭上停下來。

「喂！」

嵬完全不理會太陰的抗議。

『的確有很多魂去投胎轉世了，但是，裡面沒有內親王。』

在場的所有人半晌後才對守護妖令人吃驚的發言有反應。

「你說什麼？什麼意思？」

這麼低嚷的是神色嚴峻的小怪，嵬收起翅膀說：

『沒什麼意思。魂虫是……啊，是從那個洞出來的嗎？果然如我家公主所說，光芒會回來。』

昌浩逼近挺起胸膛得意洋洋的嵬說：

「先別說那種事，公主殿下的魂虫沒有來這裡嗎？」

風音的話被說成「那種事」，破壞了嵬的心情，它正要破口大罵時，發現在場所有人都很緊張，只好壓下怒氣。

『沒錯，我感覺不到內親王的氣息。』

那些魂虫很可憐，逃到這裡卻淋到陰氣的雨。但是，它們應該回去的宿體，恐怕也早就心跳停止、斷了氣。

一直被關在岩門後面，就不能投胎轉世，會成為污穢的死人，永遠被困在黃泉。蝴蝶的模樣瓦解潰散，也可以說是回到了死者原本應走的道路。

『內親王還活著，所以魂不可能去冥府。』

脩子是天照大御神的分身靈。不僅如此，現在脩子的魂還跟道反大神的女兒風音緊緊連在一起，而嵬的魂又跟風音相連結。

如果現在脩子另一半的魂回到人界，那麼，嵬一定可以感覺到那個氣息，所以風音才會派嵬來。

『但是，內親王的氣息不在人界的任何地方。那麼，內親王現在……』

嵬把視線朝向魂虫和昌浩、太陰出來的水池底下。忽然，一個大水泡咕嘟冒出來爆裂，黃泉陰氣飛揚，向周邊散去。

『恐怕是在夢殿。』

這麼斷言的道反守護妖，神情緊張地掃視所有人一圈。

『我要從這裡去夢殿。安倍昌浩，等我進去，你馬上把這個洞封了。』

「咦？可是……我把洞封了，嵬就……」

昌浩還來不及說「嵬就回不來了」，就被嵬高傲地打斷了。

『你當我是誰啊？我的主人道反大神可是坐鎮黃泉津比良坂的黃泉戶大神呢，住著神、妖、死者的夢殿，根本就是我家後院。』

昌浩盯著傲然搭話的嵬，心想說得也是。連神將都不能進入的夢的世界，風音和嵬都可以自由出入。

忘了是什麼時候，嵬也曾在夢裡保護過他。對了，好像是在天狗的異教法術相關事件的時候。

這時候昌浩才想起，因為益荒突然出現，所以自己還來不及問小怪愛宕異境的始末就跑出來了。但是，現在還不能問，因為還有很多事要做。

『我以我神之名發誓，一定會找出內親王的魂虫，帶回去給公主！』

聽在現在的昌浩耳裡，這句盛氣凌人的話再可靠不過了。

「拜託你了！」

嵬大大拍動翅膀，從太陰頭上飛起來，衝進泥水淤積的水池底下。

瞬間，空間柔韌壓縮，好幾個界相互重疊，空間被撬開了。

昌浩覺得頭暈目眩、耳鳴，視野一片通紅，霎時失去了平衡感。

嵬的身影消失在水池底下。泥水濺起飛沫，波濤洶湧的水面捲起奇形怪狀的漩渦。一團陰氣衝破漩渦，從水池底下噴出來。

那是從黃泉入口吹來的陰氣之風，噴出來的陰氣一瀉千里。

昌浩在前面站定、拍手，以右手結刀印，擺起架式，調整氣息。

「嗡！」

被高高舉起的刀印刀尖砍斷的陰氣，分兩路前進。

迎接它們的是小怪和勾陣。

「昌親，你退下。」

走到昌親前面的太陰，用風牆圍住整個宅院，不讓陰氣擴散出去。

聽從指示退下的昌親，看到強裝鎮定的太陰，額頭冒出了冷汗。看得出來個子嬌小的神將，正拚命控制一不注意就會加快的呼吸。

「太……」

昌親不由得出聲叫喚時，從小怪全身迸出了火焰的神氣。跟十二神將騰蛇本身的神氣不一樣，是撒落白色閃光的酷烈波動。

彷彿許多星星自天而降的閃光，如雨般落在太陰和昌親身上。

反射性地閉上眼睛掩住臉的太陰，忽然覺得呼吸順暢多了。才聽見火花散落的聲音在耳邊響起，纏繞身體的火花殘渣就綻放出更強烈的光芒，包住太陰，被身體吸進去了。

「……！」

太陰睜開眼睛。原本如鉛塊般沉重、沒辦法活動自如的身體，難以置信地變輕了。快要枯竭的神氣，從身體深處不斷湧上來，轟走了纏繞的陰氣殘渣。

「這是……什麼……為什麼……」

是勾陣回答了茫然低語的太陰。

「這是來自高龗神的援助……應該是。」

說得這麼不乾脆，是因為她知道被火焰擊中的當事人，正耗盡心力拚命控制那股力量。

小怪本人正嚴厲監控可能四處飛散的火花，喘得肩膀上下劇烈抖動。只要稍微鬆懈，軻遇突智的火焰就可能失控。要控制力量以免傷害到同袍們和昌浩、昌親，還要撞擊黃泉之風讓力量相互抵消，是非常困難的事。

不只神氣，連火焰都隨時可能噴發出來。

十二神將騰蛇的火焰，是可以燒光一切的地獄之火，但是，軻遇突智的火焰的層次更高，顯然稍微使用不慎，就會演變成無法想像的事情。

昌浩高舉著刀印，注視著噴出陰氣的黃泉瘴穴。

阻斷黃泉陰氣入侵人界，再以五芒星和咒語封鎖，這樣就能堵住瘴穴。這是嵬為了前往黃泉而強行撬開的瘴穴，用陰陽師的法術封鎖，就不會再開啟了。

必須趕快封了，昌浩心裡很急，卻有個聲音在腦中響起——

現在關閉的話——

心跳快得異常。閃過腦海的是，在黃泉入口的大磐石前展開的悽慘光景。

「……唔……」

張大眼睛的昌浩，嘴唇劇烈顫抖。

昌浩和太陰是在泉津日狹女的引導下，才能闖入那個地方。

這道風是從黃泉噴出來的陰氣，所以，這個洞確實能通往那個沉滯之殿。

現在還能通行。
如果封閉這個洞，就沒有辦法去那裡了。
不能去看他怎麼樣了，也不能去接他回來了——
昌浩呼吸凌亂、手不能動，感情阻撓了催促自己必須趕快行動的理性。
他無論如何都無法放棄。無論如何、無論如何，因為——
「昌浩……」
昌浩倒抽一口氣，肩膀顫抖。平靜地叫喚他的是二哥。
抬眼一看，昌親不知何時來到了昌浩身旁。
昌親毅然伸出刀印，緩緩地橫向一掃，然後莊嚴地唱誦：
「禁——」
昌浩瞠目結舌。法術啟動，受阻的黃泉之風被推回去。
重新畫線阻隔兩界的昌親，順勢以刀印畫出五芒星。
「大……大哥還在那裡……！」
察覺二哥要做什麼的昌浩驚慌失措。
「哥哥，不可以！成親大哥還在……」
但是，聽到弟弟的慘叫，昌親也不為所動。
他僅僅望向昌浩一次的眼睛，亮起了覺悟的光芒。
「以印為封——急急如律令。」

金色線條疾行，五芒星被烙印在水池底下，綻放強烈光芒。

「……」

昌浩臉色蒼白，呆呆佇立，腦中一片空白，無法思考。

黃泉之風的出口完全被封閉了。通往那裡的唯一道路，被切斷了。

茫然的昌浩的耳裡，傳來平靜的聲音。

「剛才……我不是跟你說過了？」

昌浩緩緩轉移視線，看到哥哥正盯著五芒星的光芒。

「想一個人扛起所有的事，也太自不量力了。」

「哥……哥……」

好不容易擠出來的聲音，嘶啞到不堪入耳。

「封閉這裡的人，不是你，是我。」

淡淡這麼說的昌親，盯著自己畫出來的五芒星，眼睛眨也不眨一下。

這麼做的人是自己。

是自己把大哥棄置在那麼遠的地方，讓所有人都去不了那裡。

不是這個弟弟，不是向來默默承擔一切的弟弟。

所以，即使必須說明所有一切的那天到來，應該被大嫂和侄子侄女質問為什麼、應該被譴責的人，也是封閉洞口的昌親。

「——……」

昌親閉上眼睛，讓思緒在絕對去不了的地方馳騁。

即使不能再見，昌親也知道，他一定是笑著離開了人世，因為他就是那樣的人。

但是，自己做不到，暫時笑不出來了。

明明說要成為左右手，卻一個人獨自走了，昌親氣他太沒責任感。

這股怒氣永遠無法消除。

但是，弟弟年紀尚小，不足以扛起一切，他必須多少幫他分擔一些，否則去了那裡會沒臉見大哥。

想到這裡，昌親想起大哥是一度投靠黃泉的人，所以，他會待在黃泉，而不是冥府。

那麼，自己必須成為可以去那裡的陰陽師，否則連發牢騷都做不到。

還需要好好修行。儘管再怎麼盡力，也追不上那個大哥。

抬起眼皮拋開感傷的昌親，回頭看看小怪他們，再把視線拉回到昌浩身上。

「今後你還有很多事要做吧？」

昌浩欲言又止，默默點著頭。昌親粗暴地抓抓他的頭說：

「京城交給我吧。」

「……」

昌浩露出快哭出來的表情，顫抖著嘴唇，但是，什麼也沒說，什麼也說不出來。

早就料到他會這樣的昌親，淡淡苦笑，轉過身去。

「勾陣，爺爺在家裡嗎？」
被問到的神將，露出百感交集的表情說：
「不在，有人來接他去竹三条宮了，他應該是一直陪著內親王。」
「知道了……至今發生的事，由我來告訴他。」
這句話震驚了所有人，昌親的意思是要自己接下這個痛苦的任務。
「昌浩交給你們了。」
聽到參雜種種思緒的話，勾陣緩緩望向昌浩說：
「昌浩，我跟昌親一起去。」
「勾陣？」
昌親和昌浩異口同聲表示詫異。
「應該還有黃泉妖魔，你一個人太危險了。」
想說我沒問題的昌親，看到勾陣的眼眸，就把話吞進喉嚨裡了。
他看得出來，勾陣擔心他，而且更不想丟下他一個人。
成親在他們渾然不覺中失去生命這件事，對神將們造成的打擊，可能遠遠超過昌親的想像。
「可是……昌浩需要勾陣的幫忙吧？」
十二神將第二強的戰鬥力十分驚人，如果接下來要與黃泉妖魔對峙，勾陣就應該與昌浩同行。

但是，勾陣對那麼建議的昌親搖搖頭說：
「有騰蛇在，那些烏合之眾哪算什麼。」
稍作停頓的勾陣，瞥了小怪一眼，又接著說：
「可別說你做不到。」
「妳在跟誰說話？」
瞇起眼睛回應的小怪，甩了一下尾巴。勾陣點點頭，忽然眨了眨眼睛。
「昌親……你會做星形籠子嗎？」
突然被這麼問，詫異的昌親張大了眼睛。
「籠子？」
「差不多這樣的大小，怎麼看都像是六芒星的光籠。」
明白她在說什麼的昌浩開口說：
「是爺爺做的那個嗎？可以放在手心上大小的封入法術的星星。」
「對。」
「星星的籠子……這個嗎？」
結起刀印的昌親，在半空中畫出幾個圖形，讓金色軌跡相連結，做出了小小的星籠。不過，大小只有晴明做的籠子的四分之一，非常小。
勾陣毫不費力地搜刮纏繞在小怪身上的磷光。
「可以封入那裡面嗎？」

「這個嘛……」

皺起眉頭的昌親，讓星籠落在勾陣的手心上，用刀印刀尖畫出竹籠眼，在嘴裡唸誦咒語。軻遇突智的火焰殘渣被星籠無聲無息地吸進去，凝結起來，靜靜地搖曳著。明明是很高明的技術，他的表情卻顯得很沒把握。

勾陣讓昌親多做幾個星籠，把磷光封入裡面。

背部一直被抓撓的小怪，臉色非常難看，但是，勾陣完全不理會。

小怪深深嘆口氣。它明白勾陣的意圖，所以一直忍著。

晴明、跟著主人的同袍們，力量都被陰氣削弱了。但是，在污穢的雨下個不停的人界，無法期待自然地復原。

軻遇突智的火焰是一團陽氣，帶去給他們，能讓他們舒服一點。

「這樣應該夠了吧……」

聽到勾陣的聲音，昌浩猛然回神。

昌親手心上擺著好幾個不到一寸大的星籠。

軻遇突智火焰搖曳的星籠，白晃晃地照亮了昌浩他們。光是被照到，就會覺得身體舒服許多，那是因為籠罩在軻遇突智神氣的溫暖波動中。

昌親用手巾把無數的小小星籠包起來揣進懷裡，伸手撫摸長得比自己高的昌浩的頭。

「你去吧，小心點。」

昌親只說了這些話，但是，昌浩彷彿聽見他又說了「一定要回來喔」。

「嗯……」

沒辦法好好回答的昌浩，溫馴地點點頭。

一行人默默目送昌親的身影與勾陣隱形的氣息逐漸遠去。

封印的五芒星沉入了泥土裡。金色光芒消失，黑暗再度降臨。

耀眼的白色閃光依然纏繞在小怪身上，沒有減弱的跡象。

據它說，益荒消耗殆盡的力量也靠那東西復活了。

「好厲害……」

由衷感嘆的昌浩，身體也舒服多了。

硬撐到現在，神氣不斷被削弱的太陰，臉上也泛起了許久未見的紅暈。

有話要說卻一直保持沉默的益荒，這時終於開口說話了。

「齋小姐的魂被什麼人奪走了。」

「什麼！」

昌浩不禁倒抽一口氣，益荒把海津島發生的事大略說給他聽。

「怎麼會這樣……」

張口結舌的昌浩握起了拳頭。
伊勢的神使益荒，生氣、神氣幾乎枯竭，遍體鱗傷地出現在安倍家時，昌浩就有預感發生了非同小可的事。
下起污穢的雨，京城出現抓狂的金龍。在遍布全國的龍脈繞巡的，不是神氣而是污穢。污穢從地面波及到天上，降下了大雨——污穢之雨。
這是以前地御柱被邪念覆蓋而沾染污穢時發生的現象。
聽說在地御柱現場，生出了成千上萬的黑虫，被覆蓋的巨大柱子的氣完全枯竭了。然後，從黑虫群裡出現了前代玉依公主模樣的人，魅惑了齋，把齋的魂奪走了。魂已經脫離的宿體，在海津見宮墜入了深沉的睡眠中。
坐在昌浩肩上的小怪，以詫異的口吻插嘴說：
「等等，玉依公主沒有留下遺骸吧？」
聽到小怪的質疑，昌浩赫然想到的確是那樣。
昌浩雖然沒親眼目睹，但是，聽說斷氣的前代玉依公主，身體化成光芒消失了。昌浩是在事情結束後，聽某人說的。
「齋不是親眼看到她消失了嗎？怎麼還會被魅惑？」
小怪的疑問非常理所當然。
地御柱現場，相當於神界與人界之間的狹縫，那種東西出現在那裡本來就很奇怪。

除了陷阱還會是什麼？齋怎麼會沒看出來呢？
「年紀還小的孩子也就罷了，齋應該會知道是假的吧？」
益荒擠出了苦笑，說：
「因為齋小姐太想念玉依公主……太想念她母親了……」
想起齋的境遇，昌浩不禁感到心痛。
某天，齋突然被母親遺忘了。在玉依公主心中，的確存在著自己生下的女兒。
但是，她忘了近在眼前的女孩就是那個女兒。
玉依公主連臨終前都沒有看齋一眼。
「對了，守直沉睡沒醒來，也是讓齋越來越感到不安、寂寞的原因之一。」
「守直大人？」
昌浩反問，益荒泰然點著頭說：
「是啊，我只想著齋小姐的事，完全忘記他了。」
「哇……？」
震驚的昌浩啞然失言，然後聽見小怪和太陰也輕輕發出了叫聲。
「啊……」
抬眼一看，他們兩人也是想到了什麼的表情。
益荒不論何時何地都會以主人為最優先，他們兩人對他那種毫不做作的姿態產生了共鳴。

如同對神將們而言，安倍晴明是唯一絕對的主人，對神使們而言，玉依公主也是最重要的存在，有時他們根本不會注意到周遭的人。守直是齋的父親，所以他們會恭敬地對待他，但不會對他有特別的感情。

雖然現在不是時候，但是，昌浩還是有點同情守直。

「守直跟齋小姐一樣，魂也脫離了身體。」

益荒的話讓昌浩打了個冷顫，心想不會是那個疾病吧。

「有沒有咳嗽？是不是咳得很厲害，還吐血……」

「沒有……對了，在宮裡服侍的度會一族的人說覺得特別冷，有幾個人身體不舒服臥病在床，不過，應該沒有人咳嗽。」

「冷……陰氣也入侵海津見宮了……」臉色凝重地沉吟後，昌浩露出想起什麼的眼神，點個頭叫喚：「太陰——」

被叫到的太陰，神情緊繃起來。

從京城到伊勢很遠，即使靠神將們的神腳，走陸路還是非常耗時。但是，以太陰的風流在天空飛翔，穿越最短距離，大概花不到三個時辰。

現在馬上出發，明天黎明時就能到達海津島。

「妳能飛到海津島嗎？」

這麼詢問的昌浩，也是面有難色。自從去阿波後，他一直在壓榨太陰。

回想起來，最近都是跟太陰在一起。不論是悲傷或是痛苦的時候，她都陪在昌浩身邊，聽、看同樣的事，感受同樣的心情。

可以的話，昌浩想讓這個嬌小的神將回到祖父身旁。祖父也跟昌浩一樣，剩下的時間不多了。昌浩需要她，但同時也希望能讓她盡可能陪在主人身旁，這是昌浩實實在在的心意。

「呃，不是非妳不可，拜託白虎也行……」

昌浩又補上這一句，小怪回應他說：

「白虎還在愛宕異境，暫時回不來。」

「咦，是嗎？」

昌浩驚訝地張大眼睛，太陰向前一步逼近他說：

「快走吧，昌浩。」

「太陰。」

「我把大家送到就行了吧？」

太陰嘴巴說大家，視線卻巧妙地避開了小怪。

儘管如此，昌浩還是發現，太陰與小怪之間的距離稍微縮短了。小怪坐在昌浩的肩上，視線比較高，所以可能沒發現這樣的變化。

太陰的神氣捲起漩渦，包圍所有人，無聲無息地上升，一舉加速。

穿過烏雲變薄的地方，進入豪雨下方，逐漸遠離京城。

以為碰觸到陰氣會發冷的昌浩，發現指尖一直是暖的。

難道是因為被太陰的神氣包住了？

疑惑地張合著手指時，閃閃發亮的火花在視野角落爆開、散落。

是纏繞在小怪身上如火花般的白色磷光，也就是軻遇突智火焰的殘渣。

昌浩觀察太陰，發現她完全恢復血色的側臉，更充滿了活力。

益荒也顯得生氣、神氣十足，看樣子傷勢會好得很快。

是小怪發出來的軻遇突智的神氣，把力量給了消耗殆盡的所有人。

那麼，昌親帶去的那些星籠，一定對祖父有幫助。

「……」

昌浩輕輕把手搭在右肩上，試著注入靈力，卻覺得微微的刺痛從肩膀擴散開來，慌忙止住。術士不在了，封住靈力的法術還是在。

那個哥哥施加的高明法術，恐怕沒那麼容易解除。

現在還能靠道反大神的神氣度過難關，必須趁這時候趕快解除咒語，否則會有後患。

「大哥，你做得太過分了……」

即使在泉津日狹女和智鋪祭司面前不能有所保留，也該替昌浩想想。

要假裝擊垮昌浩，也不必施加那麼強勁的法術，成親卻毫不留情，還使出全力攻擊，這就是成親之所以是成親的地方。

非但那麼做，最後一刻還說了那句話。

——……拜託你了……

「嗚……」

昌浩硬吞下差點從喉嚨迸出來的聲音。儘管一忍再忍，有時還是會突然忍不住，幾乎衝口而出。

被封住了靈力，還被那樣拜託，也太困擾了。說的話跟做的事背道而馳。

真是的，那個哥哥就是這樣，老是把周遭人耍得團團轉。

然而，卻怎麼樣都無法討厭他。

好過分，太過分了。很想這樣對他抱怨，卻再也做不到了。

所以，要懷念他，等所有事情都結束後，再來懷念吧。

昌浩咬住嘴唇，望向遙遠的彼方。

在漫無止境的烏雲下，每當白色怪物發出的白色閃光散落，瑟縮的心就會暖和起來。

連這麼小的光芒都是這樣，可見太陽從雲間露出來，會多麼鼓舞人心。

昌浩現在殷切期盼，期盼普照大地的陽光。

因此，需要祈禱。必須把玉依公主的祈禱，注入氣已枯竭的地御柱。

為了讓祈禱的力量充分發揮，陰陽師該做的是驅除污染地御柱的東西。

邊吹散降下來的雨邊飛的神氣漩渦，朝向了漂浮在伊勢海上的小島。

6

播磨國赤穗郡菅生鄉的主要陰陽師們，聚集到總領府邸，是在黑夜最深的丑時三刻。

這個時分寂靜無聲，是世界最黑暗的時候。

在這個時候，即使知道再過不久就是黎明，還是會被黑暗與寂靜永遠不會結束的錯覺困住。

鄉人都很擔心螢的身體，但沒人說出口。

發生了可怕的事，某種無法逐一處理的大規模的事。這恐怕不只是菅生鄉的問題，而是與這個世界的將來息息相關。

好幾個燈台被點燃，火焰裊裊搖曳。

身為前代首領現影的男人，在橙色火光照射下，肌膚還是很蒼白，動作也有些不靈活，可見傷勢十分嚴重。但是，目光如炬，令人震懾，散發逼人的氣勢。

他像是在作確認般，視線慢慢地一一掃過排排坐的親族同胞們的臉。

「我想各位都察覺到大自在天神和時守神都回來了。」

鄉人們默默點頭，浮現安心的表情。現在的狀況還不能安心，但是，神回到這個地方的事實，還是多少緩和了鄉人們的不安。

「但是，為了守護鄉里，目前的結界還不足以應對。」

前代現影淡淡地陳述。不帶情感的口吻，反而更顯現出現況的危急。

冰知閉上眼睛，平靜地吸口氣，再張開眼睛。

「我要立柱……」

「……噫……」

震驚如漣漪般擴散開來。

沒有人叫出聲來，大家都強忍住了。

半晌後才有人發出沙啞的聲音低聲詢問：

「立柱……？」

「是的。」

這次神祓眾們再也忍不住騷動起來，冰知卻面不改色。

「天一亮就行動。沒時間了，我只說一次，大家牢牢記住。」

騷動的鄉人們，聽到那句話後全都安靜下來了。

冰知滿意地點點頭，把策略的步驟告訴同胞們。

沒有人知道生人勿近山的次元狹縫什麼時候會開啟。

可能會在移開視線的瞬間，跌進在腳下開啟的洞口；或是被在天空開啟的洞口吸走；或是無意間闖入。無論如何，一旦進去了，就很難回到原處。
即使運氣好從哪出來了，也可能是掉進了非人界的地方。
所以，鄉人都被告誡千萬不能進入那座山。
投靠智鋪祭司與敵人的陰陽師，利用那個狹縫洞口，做出了通往黃泉的道路，把黃泉妖魔群送進了菅生鄉。
菅生鄉因此陷入了絕境，但是，鄉人們也因此知道狹縫可以這樣使用。
「在敵人再次來襲之前，我們必須先開啟次元的洞口，然後立柱，封鎖黃泉洞口。」
冰知的目光炯炯有神。他說的不是迎戰，而是主動出擊。
神祓眾的陰陽師們，露出欲言又止的表情，面面相覷。
「這件事……螢大人……」
聽到猶豫的聲浪，冰知挑動了眉毛。
次代首領時遠的年紀尚小，當代首領是螢。昏迷的螢是否知道這個策略？
螢如果聽說了，會同意這個策略、會同意立柱嗎？
鄉人們都很清楚螢的性格，他們無論如何都不認為她會答應這個策略。
「我已經得到夢見師姥姥的允許。」
「但是……」
從最後面響起壓抑感情的聲音。

「螢最想做的事，是保護鄉里。」
所有鄉人都詫異地往後看，看到的是螢的現影夕霧。
冰知平靜地點點頭說：
「沒錯，為了報答螢大人的全力以赴，我們當務之急就是要斷絕來自黃泉的道路。」
要封住黃泉洞口，必須進入次元的狹縫。
神祓眾們要靠自己的力量撬開不知何時會開啟的狹縫洞口。
做法是把所有人分派到五個地方，構成圍繞生人勿近山的五芒星，然後在每個地方各配置三名能力相當的陰陽師。被分配到各處的術士，必須擁有相同程度的力量。只要哪裡稍有失誤，靈力就會失衡，降低結界的強度。
狹縫的洞口是開在五芒星的中心位置。從那裡進入狹縫，尋到應該位於某處的黃泉洞口後，立柱完全封鎖。
從頭到尾說明完後，有人遲疑地舉手發問。
「那麼……柱子是……」
說到一半就停下來的男人表情凝重，其他人也都是跟他差不多的神色。
用來立在黃泉洞口的柱子，是以生命作為交換完成法術的人柱，換句話說就是活祭品。
冰知擬定的策略，必須犧牲一個鄉人的生命才能完成。

所有人的目光都集中在前代首領的現影身上。犧牲生命完成法術的柱子任務，究竟要由誰來接？

能耐要大到能夠承接從五個地方同時注入的強大靈力，才能成為柱子。所以，能接下柱子任務的人自然有限。

這件事關係到鄉里的存亡。不，恐怕不只關係到鄉里。

在鄉里擁有排名前十強靈力的人，自然成為視線焦點。

沒有一個人吝惜付出生命，所有人都目光如炬、抿住嘴唇，自問到底能不能完成那樣的任務。

這個任務將會交給誰？鄉人都屏氣凝神，豎起耳朵仔細聽。

在緊張的氣氛中，冰知環視所有人，緩緩地說：

「由我擔任柱子。」

出乎意料之外的話，讓神祓眾大驚失色。

徹底保持冷靜的冰知，又繼續對啞然無言、相互對看的鄉人們說話。

他把分派到五芒星的五個點的人的名字列出來，交代他們要在規定時間前到達分配位置後，平靜地環視所有人。

「行動是在寅時半開始。」

神祓眾都戰戰兢兢地緊繃起來，心想真的要行動了嗎？

「長久以來承蒙大家關照了，今後拜託你們了。」

輕輕低下頭的冰知，掛著淡淡的笑容。鄉里的人都無言地回看他致意。

離寅時半只剩半個時辰了。

雷鳴轟隆。就在燈台火焰如震盪般抖動起來時，神祓眾們不約而同站起來，向冰知一鞠躬，離開了大廳。

沒多久，大廳只剩下冰知和夕霧。

夕霧豎眉瞪眼，走向冰知。被分派到五個地點的人當中，沒有他的名字。在菅生鄉所有人當中，他的靈力明明可以排入前十名。

「冰知，你在想什麼？」

面對強烈責問的夕霧，回應的冰知神色自若。

「你是螢大人的現影，在我們施行法術時，你要確保螢大人平安無事，絕對不可以離開這裡。」

「冰知！成為柱子意味著……」

冰知把視線從越說越激動的夕霧身上移開，喃喃說道：

「沒有主人的現影，活著有什麼意思……？」

冰知的視線落在自己旁邊。

夕霧心頭一震。冰知不是站在大廳中央，而是站在中央稍微偏左的地方。

神祓眾們的視線聚集的中央，原本是首領站的位子。

現影通常站在主人的左側，大約退後幾步的地方。

時守死後，站在中央的是螢。現在螢沒辦法動，應該由次代首領時遠站在那裡。
但是，時遠沒有來現場。
冰知似乎看透了夕霧的思慮，對他說：
「時遠大人正在密室，向氏神祈求螢大人的平安與鄉里的安寧。」
這麼說的冰知，眼裡泛起的神色像是在追逐什麼懷念的東西。
夕霧感覺得到，冰知現在一定是看著已故主人時守的身影。
「夕霧，你有封鎖黃泉瘴穴之外的任務。」
「什麼？」
冰知轉向夕霧說：
「螢大人所剩的時間不多……可能是今天或明天。」
這句話狠狠刺傷了夕霧的心，他握緊的拳頭止不住地顫抖。
「嗚……」
為了保護鄉里和親族同胞，螢用罄了僅剩的力量。
夕霧已經無能為力，快被悔恨和無力感逼瘋了。
看夕霧氣自己氣到臉色發白，冰知苦笑起來。
「大家都需要螢大人，這個鄉里需要她，時守大人也需要她。」
忽然抹去笑容的冰知，目光炯炯，把臉貼近夕霧，壓低嗓音說：
「在封鎖黃泉瘴穴之前，把我的壽命跟螢大人的壽命交換。」

「什麼……?!」

沒想到會聽到那樣的話，夕霧不由得瞠目結舌。

冰知抓住倒吸一口氣的夕霧的前襟，表情淒厲地接著說：

「夢見師姥姥也知道這件事，正在替我做準備。」

「你……」

夕霧想問你何時決定的，但是，冰知打斷他，又繼續說：

「聽好，機會稍縱即逝。你必須在黃泉瘴穴即將被鄉人們注入的靈力封鎖之際，把我的壽命跟螢大人的壽命交換，不可以有絲毫的誤差，現在只有你可以做到這件事。」

最重要的是——

「為了螢大人，你可以毫不猶豫地使用我的性命吧……？」

夕霧清楚看見，補上這句話的冰知，眼中泛著笑意。

「……」

冰知說得沒錯。夕霧為了螢，可以不惜犧牲任何人。

對象是冰知，就更不用說了。螢的生命會被削減到這種程度，罪魁禍首不是別人，就是冰知。

但是，螢原諒了那樣的冰知，還讓他待在次代首領時遠的身旁。她說冰知曾是時守的現影，最適合教育時遠。

「我把我的替身放在姥姥那裡了，你拿去用。」

冰知用自己的血在木偶上寫下自己的名字、年紀，再纏上頭髮，對著木偶吹氣，做成了那個替身。

夕霧啞然無言，冰知放掉他的前襟，自嘲似地沉著臉說：

「主人辭世的現影，活著有意義嗎？你差不多可以放過我了吧？」

「唔……！」

夕霧屏住了氣息。

那是這幾年來冰知一直埋藏在心底的真心話。

希望可以得到原諒，希望可以結束此生。

其實，在主人辭世時，他就想隨主人而去了。

但是，主人時守不准他那麼做。

螢也不准冰知死。

螢是真的不想讓冰知死去，絲毫沒有報復之意。

螢由衷希望，跟時守一起度過的時間比任何人都長的冰知，可以陪伴時守留下來的時遠，看著他成長。

冰知知道螢的心意，所以不能自殺，磨磨蹭蹭地活到了現在。

「接下來的事就拜託你了，夕霧。」

夕霧無法拉住轉身離開大廳的冰知。

事後知道真相，螢一定會生氣、悲嘆、痛哭。

但是，立為人柱以保護鄉里、用剩下的壽命與螢的壽命交換，是冰知的覺悟，夕霧無法否定他。

如果立場相反，夕霧也會採取跟冰知同樣的行動。

主人辭世的現影，與其活著，還不如保護鄉里、延長首領的壽命，昂首闊步去主人那裡。

對現影來說，在失去主人後苟延殘喘，比死還痛苦。

「……」

夕霧沉痛地深鎖雙眉。即使交換二十年的壽命，已經嚴重損毀的螢的身體，恐怕也承受不了那麼久。即使有壽命，身體也到極限了。

冰知應該也知道。儘管知道，他還是選擇了盡可能延續螢的生命的策略。

夕霧相信，他不僅僅是為了贖罪。

悄悄打開密室門的冰知，往裡面一看，不由得瞇起了眼睛。

「這……」

原本專心祈禱的時遠，保持那個姿勢閉上眼睛，淺淺打著瞌睡。

先在心裡向氏神致歉後才悄悄進入室內的冰知，小心翼翼地讓時遠躺下來，沒有吵醒他。

供奉神弓破軍的小祭壇，讓他想起時守默默為鄉里、親族同胞的平安、繁榮祈禱時的背影。

時遠的側臉非常像父親，長大以後一定會更像。

冰知當然也很想看到他長大的模樣，但是，什麼都要太貪心，會遭天譴。

何況再怎麼像，冰知的主人還是時守，不是時遠。

主人不能更換。這就是現影，在出生時已注定是那樣的宿命。

但是，時遠的現影還不存在。應該比主人先誕生的現影，連出生的徵兆都沒有，或許也跟現在侵襲現世的異狀相關。

「時遠大人，再見了……」

對睡著的時遠輕聲細語的冰知，眼神十分溫柔。

「有螢大人在，你什麼都不用擔心。」

不知道她的壽命可以延長多少，但是，至少應該可以撐到時遠行元服之禮的時候。而且，除了螢之外，還有夕霧、親生母親山吹、長老們、鄉人們，以及小野氏神。

「小野篁命，請保護時遠大人、螢大人、所有鄉人。」

這麼祈求後，冰知就走出了密室，沒有祈求柱的法術成功。

沒必要祈求或祈禱，因為他早就沒有眷戀，也沒有迷惘。
只要跟鄉人一起施行法術、完成法術就行了。

以時刻來說已將近黎明，天空卻烏雲密布，黑得像是塗上了一層黑漆。離寅時半還有兩刻鐘。

從首領府邸前往生人勿近山的路上，沒有一個人來送冰知。

「……」

冰知停下腳步。

沒有人來送他，但有隻狼盤踞在路中央。

「你不回來了……？」

這麼問的是跟在九流族比古身旁的妖狼多由良。通往生人勿近山的路很窄，大半都被灰黑狼的龐大身軀擋住了。

「你不必陪著比古嗎？」

被冰知那麼一問，多由良皺起了眉頭。

「比古說大家都很忙，沒人來送你，所以叫我起碼要來送送你。」

比古正在燒用過的靈符，走不開。若不是那樣，就會跟多由良一起來。

多由良對苦笑的冰知鄭重地說：
「我一直沒正式對你說吧？」
「說什麼？」
「謝謝你在阿波救了我和比古。」
聽到這麼正經八百的話，冰知難得露出靦腆的表情，眨了眨眼睛。
「哦……」
回想起來，是有那麼回事。感覺是好幾年前，其實才過沒多久。發生太多事了，讓人應接不暇。
這時候閃過紅色雷電，冰知赫然抬頭望向雷鳴轟隆震響的天空。
「關上黃泉洞口，引發樹木枯萎的黃泉之風也會停止。」
「嗯，」多由良點點頭，惆悵地低喃：「你再也不回來了，多寂寞啊。」
「是嗎？」
「哎呀，我是沒那麼寂寞啦。」
冰知不由得瞇起眼睛看著老實的妖狼。它當然不悲哀，因冰知跟它認識不久，也沒有足夠的交流可以彌補短暫的時間。
「那孩子叫時遠吧？我是說他會很寂寞。」
多由良的嗓音聽起來特別有真實感。
從出生開始就陪在身邊的存在消失不見的寂寞，多由良和比古比任何人都清楚。不但會有身體的一部分被撕裂般的痛楚，心裡還會出現永遠不會消失的破洞。

把時遠跟自己重疊在一起的多由良顯得意氣消沉，冰知對它說：

「那麼，你盡可能來找時遠吧。」

「咦？」

多由良疑惑地眨眨眼睛。

「事情全部解決後，你們會回出雲吧？」

「嗯……應該是。」

「回去後，再來就行了。然後，這樣吧，把出雲九流族的技能傳授給時遠大人。神祓眾可以使用的技能，越多越好。」

沒想到冰知會提出這個要求，妖狼不知如何回答。

「這個嘛……我要問比古才行。」

「螢大人一定也會說同樣的話，因為她是神祓眾的首領。」

對神祓眾有利的事，螢不可能不做。

「嗯……我會轉告比古，只是轉告喔。」

「好，再見了。」

冰知拍拍回答得很不情願的多由良的頭，從它身旁鑽過去。

多由良動也不動，直到看不見頭也不回的冰知的身影，才嘆口氣轉身離去。

正在首領府邸的前庭燒靈符的比古，看到回來的多由良，把手停下來。

「回來了啊？多由良。」
「嗯，冰知走了。」
「這樣啊……」
比古抱著箱子蹲在火的前面。被放進火裡的符，轉眼被火包住燒毀。與冰知交往的時間不長，但比古還是有點遺憾不能再見到他。如果是在平靜祥和的日子，他們應該可以聊更多的話。
「他要我轉告比古。」
「嗯？」
比古看到多由良表情嚴肅。
「他說等事情結束，我們回到出雲後，也要盡可能來見時遠，把九流族的技能傳授給時遠。」
「咦咦咦？」
妖狼對皺起眉頭叫嚷的比古甩甩長尾巴說：
「怎麼辦？比古，這可是遺言呢。」
「是啊，你幹嘛說呢，我聽到了就不能當作沒聽到啊。」
多由良嘟起嘴，對拉長臉的比古說：
「他說螢也會說同樣的話，所以，我怎能不告訴你呢。」
「咦……」微微瞪大眼睛的比古，突然改變語氣說：「冰知說螢也會說同樣的話？」

多由良點點頭，比古移開視線，目不轉睛地盯著火焰。

時守說的話在耳邊響起。

——螢一定會醒過來，因為有冰知在。

冰知和夕霧等白髮紅眼的人，都是跟隨在首領家的人身旁的現影。聽說夕霧是螢的現影，冰知是時遠的父親時守的現影。

老實說，比古並不認為螢可以活下來，因為她身上的死亡陰影，已經非常濃厚。

但是，時守神的聲音充滿對現影的絕對信賴，而且冰知的遺言也有「螢會從死亡邊緣回來」的確信。

比古把視線朝向生人勿近山的方位，低聲沉吟。

「他是要怎麼做……」

進入次元狹縫的冰知，要用交換生命的法術封住黃泉的瘴穴。神祓眾們會把咒力注入作為柱子的冰知身上，封住黃泉之人鑿穿的瘴穴。

但是，除了那件事之外，冰知似乎還要想辦法救螢。鄉人們完全沒有提到那件事，所以，他們很可能也不知道冰知的策劃。

比古把箱子裡剩下的符都丟進火裡，與多由良一起默默注視著生人勿近山。

快到寅時半了。

比古這麼想時，時遠的母親山吹打開木門出來了。

山吹手裡捧著梳妝箱走過來，比古慌忙站起來，把手伸出去。

「不好意思，已經滿了嗎……」

話沒說完的比古，交互看著箱子裡面和山吹。放在箱子裡的靈符只有寥寥幾張，還有充足的空間。

山吹站在火邊，默默注視著生人勿近山的方向。

比古與多由良相對而視，把箱子裡的符放進火裡。轉眼間燒起來的符，被燒得灰飛煙滅。

思考著該不該把空箱子送回屋內的比古，忽然聽見倒吸一口氣的聲音。是發自山吹。她注視著生人勿近山，咬住嘴唇，顫抖著肩膀。

比古追著她的視線望過去，從嘴裡發出「啊」的低囔聲。

在輕微的耳鳴後，視野一瞬間被染紅了。是次元的洞穴開啟了。

同時，可以看見山頂上立起了光柱。是神祓眾們一起注入的咒力，形成光柱延伸到了天際。

比古屏住了氣息。

光柱逐漸縮短。該怎麼形容呢，或許最貼切的說法是，彷彿柱子被插進了在山頂上鑿穿的瘴穴。

冰知恐怕就在次元狹縫裡的那根光柱下面。

可能是狹縫開啟的關係，吹來特別強勁的黃泉之風，感覺體溫猛然下降了。

陰氣非常強烈。靈力不是很強的山吹，會因為這道風消耗相當大的體力，最好快點讓她進入屋內。

原本要開口的比古，把話直接嚥下去了。

「——」

注視著生人勿近山的山吹，淚水從眼睛沿著臉頰一滴接一滴滑落。

「嗚……」

在嗚咽聲從顫抖的嘴唇溢出來之前，她就用雙手按住了嘴巴。但是，怎麼忍也忍不住的淚水不斷流下來，山吹低下頭，蹲了下來。

憋著聲音哭泣的她，肩膀抖動得厲害，淚水滴滴答答掉落地面。

仔細聽，到處都傳來了啜泣聲。府邸裡的人，都忍不住嗚咽起來了。

比古愕然轉移視線，看到立在山裡的光柱完全消失了。

同時，響個不停的耳鳴消失了，黃泉之風也戛然而止了。

「瘴穴……封閉了……」

比古不由自主地發出低喃聲，山吹的肩膀抖動得更厲害了。

「……」

山吹緩緩抬起頭，慢慢吐口氣，平靜地站起來，已經不再哭泣了。

她緊緊抿住嘴巴，向比古一鞠躬，回去屋內了。

比古和多由良又望向生人勿近山。

轟隆震響到吵死人的雷電停止了，整片天空都看不到紅色閃電，而且烏雲慢慢地散去了。

發現菅生鄉上空的雲逐漸變得稀薄，多由良的眼睛亮了起來。

「比古，雲一直在動呢。」

「是啊……」

比古卻是神情嚴肅地盯著雲的動向。

黃泉洞口被封鎖，風停了。

感覺盤據各處的陰氣，正往土裡下沉。不只這樣，回到鄉里的天滿大自在天神和時守神的神威，也正在驅散鄉里殘留的陰氣。

原本覆蓋鄉里的烏雲，也逐漸被趕走，但是，比古就是很在意烏雲流動的方向。

像一團陰氣的烏雲，正飄向西方，那是比古的故鄉出雲的方位。

以人柱作為交換，黃泉洞穴被封鎖，護住了鄉里，這點不容置疑，但是……

瞪著雲的動向的比古，把手搭在多由良的背上。

「多由良……」

「怎麼了？比古。」

比古僵硬的聲音，扎入疑惑的妖狼的耳朵。

「回出雲……回道反……我有不祥的預感。」

照亮黑暗屋內的燈台火焰搖曳。

夕霧觀察著橫躺的螢的模樣，不禁張大了眼睛。

從螢緊閉的眼睛，流下了一滴淚水。

「……」

她微微顫抖的嘴唇究竟在說些什麼，不用確認也知道。

7

在大雨中行進的昌親，在距離目的地皇宮的門口只有幾丈遠的地方，猛然放鬆了肩膀的力量。

能夠平安到達這裡，讓他徹底安心了。

從九条的火災廢墟走到這裡，道路艱澀難行，花了不少時間。與昌浩分開後已經過了半個時辰以上，搞不好已經將近一個時辰。

「現在是什麼時刻呢……」

就是很難不在意時刻，他邊嘆息邊嘟囔。從陰陽寮前往九条府邸廢墟，大約是在過亥時半的時候。

走在雨水積成沼澤的道路上，腳被泥濘絆住，走起來很費力，非常消耗體力。

在九条的火災廢墟遇見昌浩等人後，與他們分開來到這裡，一路上的狀況更糟，所花的時間恐怕比他想像中更長。

「還不到……寅時吧？不，可能已經到了……」

真要說起來，昌親的內心是比較希望已經到了。他希望已經過了黑暗最深沉的丑時。

加快腳步走到竹三条宮門前的昌親，沉著臉低聲嘟囔。

「我就知道會這樣……」

竹三条宮的門理所當然地緊閉著。

即使是大多數人已經休息的時間，通常也會有值夜班的人。但是，這樣的雷鳴和強烈大雨，小小的聲音很快就會被掩沒吧？

陪在內親王身邊的祖父，應該還沒休息，是不是可以設法讓祖父知道自己來了呢？

隱形的勾陣突然現身在正在想辦法的昌親身旁。

「勾陣？」

神將似乎想告訴疑惑的昌親什麼，指向了煙雨朦朧的屋頂。昌親看到懷念的身影，叫出聲來。

「啊，天后。」

他眼睛發亮，舉手招呼。十二神將天后發現他，張大眼睛，做出「等一下」的動作就消失不見了。勾陣見狀，又隱形了。

沒多久，感覺有幾個人靠近大門的動靜。

「有誰在外面嗎？」

隔著門傳來的聲音充滿戒心。

「是的，懇請寬恕我未先通報的失禮。」
「報上名來。」
「我是陰陽寮寮官安倍昌親，聽說我祖父安倍晴明在這裡，因此前來造訪。」
聽到他的回答，從門前傳來幾個人嘰嘰咕咕的交談聲。
片刻後，響起打開門閂的聲音，門微微開啟，一個長相粗獷的武裝男人從縫隙探出頭來。應該是守護宮殿的警衛。
「你真的是安倍昌親？」
「是的。」
「不是什麼妖、魔、鬼、怪，是人類吧？真的是安倍晴明的親人吧？」
「……是的。」
昌親在嘴裡補上一句「應該是吧」。他回答得有些慢，因為瞬間想到一人人外魔境的孫子到底能不能斬釘截鐵地說是人類？所以一時答不上來。
警衛把淋成落湯雞的昌親從頭到腳打量一遍，眼神嚴厲地開口說：
「有什麼事？」
「我有事必須告訴祖父晴明。」
警衛往他背後看了一眼，點點頭。門只打開夠一個人通過的空隙，在昌親很快鑽過那個空隙後，門馬上被關上，又拴上了門閂。
看到聚集在門前的警衛們鬆了一口氣，昌親察覺到一件事。

他們防備的不是昌親，而是非常害怕什麼恐怖的東西溜進宮殿院內。
仔細移動視線的昌親，發現籠罩整座宮殿的結界，很多地方都凹陷扭曲了。
宮殿院內有兩道神氣，一道是天后的神氣，另一道超級強大的神氣，是鬥將的神氣。
小怪在昌浩身邊，勾陣隱形在昌親身邊。六合在西方的遙遠道反聖域，所以，在這裡的是青龍。
「請往這邊走。」
迎接昌親的總管臉色很差，走起路來也步伐蹣跚。
「您說有急事找晴明大人，究竟是什麼事……」
邊往前走邊回頭瞄昌親的總管，顯得惶惶不安，昌親邊思考措詞邊說：
「是關於……家人的事，我想最好盡快告訴祖父……」
「哦……家人的事啊。」
總管顯然鬆了一口氣，但很快就板起臉來說：
「晴明大人正陪在臥病不起的公主殿下身旁，在公主殿下病情穩定之前……」
被告知在那之前不能放晴明回家，昌親垂下了視線。通往主屋的渡殿被潑進來的雨打溼，又冰又冷。
「我知道了……」
越往皇宮深處走，空氣越冷，冷到會削弱人的意志力。

昌親毛骨悚然。有神將和祖父在都這樣了，那麼，他們不在的話會變成怎麼樣呢？看起來像是普通人的總管，不可能正確掌握到目前的狀況，會作出不能放晴明回家的判斷，應該是本能讓他產生了危機感。

昌親從懷裡的手巾拿出幾個星籠，悄悄叫喚應該在他身旁的勾陣。

「勾陣。」

勾陣以普通人不會看見的程度現身，昌親把星籠遞給她。

「拿去。」

明白昌親意圖的勾陣，默默接過小小的星籠，嗖地離開了。

「請往這邊走，晴明大人就在床前。」

總管指著通往廂房的門給昌親看，行個禮就退下了。在離開途中，總管不時扶著高欄或柱子，肩膀用力上下起伏。雖然還不到咳嗽的程度，但是身體狀況可能很糟糕了。昌親推測，這裡的所有人應該都處於類似的狀態。

打開木門就看到，燈台的火光在隔開廂房與主屋的竹簾前搖晃。

主屋中央有張懸掛床帳的床，周圍立著好幾個帳幔架。

從竹簾鑽進主屋的昌親，停下了悄悄前進的步伐。

祖父背對著他，坐在床帳交合處前。

「……」

看到祖父的背影，昌親的心跳開始加速，胸口急劇發冷。

他突然想到，自己拚命趕路趕到這裡，卻完全沒有思考過該對祖父怎麼說、說些什麼。

「爺……爺……」

叫喚聲幾乎出不來。喉嚨深處好像被什麼卡住，根本聽不見他的聲音。

該怎麼說呢？該怎麼說從太陰那聽來的事、昌浩說的事、嵬告知的事、自己親眼所見的事，以及自己做的事。

原本想依照順序來說，也以為自己說得出口，沒想到看到祖父的背影，想好的順序都不知道飛哪去了。

怦怦心跳聲在耳裡迴盪，呼吸不自覺地變得急促，一陣鼻酸，眼角發熱，嘴唇顫抖。

想也知道，自己恐怕會當場崩潰。倘若現在試著出聲說話，只會發出吐氣音，而不是話語。

即便這樣也非說不可，但是——

該怎麼說呢？

「呃……」

這時候，晴明緩緩回頭望向硬擠出聲音的昌親。

「……成親嗎？」

「啊……」

聽到平靜的詢問，昌親沒辦法呼吸，自覺張大的眼眸正劇烈動盪。

「您怎麼……」

昌親的喃喃低語帶點嘶啞，晴明用沒有抑揚頓挫的嗓音回他說：

「我聽嵬大人說黃泉的岩門開啟了。」

「……」

「黃泉的岩門不在現世，在活人沒辦法到達的地方。唯一能去那裡的人，是具有相當靈力和本領的陰陽師……據我所知，只有三個人。」

「……」

昌親聽著祖父淡淡的敘述，不由得握緊了雙手。

「以昌浩目前的狀態，紅蓮等人絕對不會讓他去，而你……」

面對晴明視線的昌親，心臟狂跳起來。

「——你正在我眼前。」

晴明沉默下來，垂下頭，顯得非常疲憊。

「這樣啊……岩門開啟了啊……」

這件事意味著什麼，晴明不可能不知道。

「成親……你這個笨蛋……」

「……」

昌親再也忍不住地垂下了頭。

「……笨蛋……笨蛋……」

祖父一次又一次重複的聲音非常平靜，溫柔地滲入耳裡，與他說的話正好背道而馳。

昌親偷偷觀察晴明的神情。悲傷地瞇起眼睛的祖父，沒有掉淚，只是重複說著笨蛋、笨蛋、笨蛋。

然而，昌親卻怎麼都覺得祖父在哭泣。

◇　◇　◇

滾滾席捲而來的波濤聲，與美到令人害怕的歌聲，在黑暗中迴盪。

井然有序前進的隊伍，不知為什麼亂了。

在頭披外衣的身影的包圍下被強行推著走的男人，茫然環視周遭。

身體一直很沉重，思考迷濛不清。

頭披外衣的一群人停下腳步，騷動起來。可以聽見他們交頭接耳低聲說著什麼，但是，傳入耳裡的話語，男人都置若罔聞，沒有留在心上。

「……」

看到隊伍一直沒有前進，男人有些焦躁，也有些詫異。

為什麼會突然停止呢？這個隊伍正朝——前進，不趕快走，就再也見不到在——等著自己的她了。

「……」

在夢裡，他見到了以為再也見不到的她。她連遺骸都沒留下就消失了，所以，他以為她不可能像一般人那樣來到自己的夢裡，早就死心了。

沒想到，她在夢裡出現了。看到她站在黑暗中，向自己輕輕招手時，他又驚又喜，無法言喻的感覺繚繞心頭。

躺在自己臂彎裡的她，冰冷得嚇人，但是，他想這一定是因為在夢裡。她的聲音聽起來有些遙遠，但是，他想這應該也是因為夢的關係。

對她說我好想妳，她就回說我好想你。對她說再也不要去任何地方了，她就微笑著說我不會再去任何地方了。

對她說我永遠不要再離開妳，她就用嬌滴滴的聲音喃喃地說我永遠不會再離開你。對她說那孩子也很想妳，她就悲傷地垂下頭說我也很想那孩子。

然後他被她冰冷的手拉住，再回神時，已經加入在水濱前進的隊伍裡了。

她說過，在——可以一家三口一起生活。

在誰也看不到、誰也管不著的——可以活在永遠不會結束的時間裡。

「要快點……去——才行……」

然而，隊伍卻停止前進了。她正在等著我啊。

騷動擴大，隊伍漸漸變形，身影一個接一個離開了隊伍。

吹來的風彷彿被倒推回去般捲起狂風，披頭外衣被大大掀起來。

男人看到披頭外衣下的身影，露出茫然不解的表情，張大了嘴巴。

前後左右包圍著自己的那些身影，都不是人。

勉強來說，就是奇形怪狀、顏色暗黑、像鬼般的恐怖模樣。除了黑色沒有其他色彩的眼珠子，狠狠瞪著男人。

「唔……」

嘶地吸口氣，冷到快凍結的風就冷徹了胸口深處。

男人邊彎著身軀強烈咳嗽，邊用混亂的頭腦拚命思索。

這個隊伍是要去哪裡？應該是要去她所在的地方。因為她的引導，自己才身在這裡，前往她所在的——。

「……」

胸口不自然地跳動起來。

她在夢裡說了什麼？

既然是化為光芒碎片而香消玉殞的她所在的地方，就不是活人的世界。

她聽著微微響起的歌聲，也如唱歌般用冰冷、甜美的聲音，說出了自己所在的地方、男人將要去的地方。

「……黃泉……？」

喃喃的低語聲從男人嘴裡溢出來。

就在這一瞬間，環繞四周的鬼都勃然色變。

它們轉過身去，眾口齊聲怒吼。聽不清楚內容的罵聲此起彼落，男人縮起了身軀。

「呃，這裡是……」

鬼開始大吼大叫地跑起來。一個手掌大小的白色東西從縫隙鑽進來，在男人眼前盤旋。

男人瞠目結舌。那是用白紙做成的人偶，感覺裡面被注入了強烈的靈力。

飛在半空中的人偶顫動一下，就與二十歲左右的年輕人的身影重疊了。

鬼發現後馬上轉過身來，要抓住人偶。差點被抓到的年輕人，在臉前結起刀印唸誦什麼後，靈力捲起漩渦爆開。

瞬間舉起手遮住臉的男人，聽見一個焦躁的聲音滑進了耳裡。

『不會吧……?!』

男人緩緩地環視周遭。空間在男人四周擴展延伸，原本排列得毫無縫隙的隊伍，只在他那裡中斷了。

周遭無數的鬼，不知道是不是被剛才的靈力炸飛了，消失得無影無蹤。在稍遠處的頭披外衣的身影，邊戒備邊逐步逼近。

不知道發生什麼事的男人呆若木雞，一個身影推開頭披外衣的鬼群，跑過來對他大叫：

「你在做什麼！別呆呆站著，快逃啊！」

「逃……？」

他聽不懂那句話的意思，疑惑地歪頭思索時，那個男人突然衝過來給了他一巴掌。

衝擊伴隨著啪唏聲穿透臉頰，霎時引發熱辣辣的疼痛。

「咦……」

茫然低喃時，又被抓住了前襟。

「你是玉依公主的父親吧？再不趕快逃走，被帶去黃泉就完啦。」

聽到這句話，男人才想起來自己是誰。

「沒錯，我是……」

磯部守直慌忙環視周遭。

「公主呢……玉依公主呢……」

剛才一直拉著守直的手的玉依公主，已經不見人影。

「公主、公主，妳在哪……！」

大驚失色的守直，因為與剛才不同邊的臉頰又受到衝擊，呆呆回看那個男人。

「你……」

「你差不多該醒了！你看到的全都是幻象，你所愛的女人不是已經香消玉殞、灰飛煙滅了嗎？」

「啊……」

守直的嘴巴顫抖起來，那個男人說得沒錯。

放棄人類身分的玉依公主，在嚥氣的同時化為光芒消失了，一根頭髮也沒留下。

臂彎裡的重量消失的那一瞬間，不是都還記憶猶新嗎？

「可是……在夢裡……她的確……」

聽到硬擠出來般的話語，男人似乎很替他難過，皺起了眉頭。

守直低頭看著自己的雙手。在夢裡的確躺在他臂彎裡的玉依公主——隔著衣服也能感覺到令人毛骨悚然的冰冷。

跟現在吹過來的風同樣冰冷。

想到這裡，他全身強烈顫抖起來，冷得快凍僵了，無法咬合的牙根抖得嘎嘰嘎嘰作響，想停都停不下來。

「您是……」

他好不容易才出聲詢問，男人嗯嗯沉吟後回他說：

「就叫我很厲害的陰陽師吧。」

「啊……？」

「細節就別問了，快告訴我當代玉依公主在哪裡？」

守直想起他說的當代玉依公主是誰，臉色極度發白。

「您是說……」

「別說出她的名字！」

被嚴厲制止的守直，吞了一口唾沫。

自稱很厲害的陰陽師的男人低聲說：

「名字是最短的咒語。在黃泉附近叫喚，不知道會發生什麼事。」

補上這句話的陰陽師，不時注意周遭小心警戒。守直循著他的視線望過去，發現黃泉的鬼群正往他們慢慢靠近，窺視著他們的狀況。

守直和陰陽師都被包圍了。

「那……那孩子也在這裡……?!」

「是的，我來這裡就是為了把當代玉依公主帶回去。」

陰陽師瞥一眼逐漸縮小包圍的黃泉之鬼，結起了手印。

「沒時間被困在這裡了，聽好，你要保護好你自己……」

瞄向守直的陰陽師——榎岦齋——瞪大了眼睛。

「喂！」

不知道是一直吹著黃泉之風的關係？還是清醒過來了？

守直突然垂下眼皮，向後仰倒，然後人就消失不見了，變成小小的白色蝴蝶，如樹葉般翩然飄落。

「魂虫……！」

岦齋急忙用雙手包住白色蝴蝶，唸誦咒語，以靈力的絲線纏繞。他還特別在守直的白繭上纏繞狩衣的衣帶，以免跟脩子的搞錯。

「唔！」

察覺妖氣從旁邊逼近，岦齋立刻往後跳，用袖子揮開衝過來的鬼群，高高舉起刀印。

「裂破！」

鬼被法術擊中爆裂，化成黑灰四散了。這裡是夢與現世的狹縫，在這裡鬼群似乎特別脆弱，遇到靈術就無法保持原形。

但是，寡不敵眾。岦齋只有一個人，而構成隊伍的鬼多不勝數。

若不能在靈力用罄之前找到玉依公主，逃開黃泉之鬼，岦齋也會有危險，所以必須趕快找到。

在來這裡的一路上，都沒發現玉依公主，所以，她一定是在比這裡更靠近黃泉的地方。

而且，那個地方的陰氣，絕對比這裡更濃烈。

岦齋的額頭冒出冷汗。這裡的陰氣也非常強烈，連呼吸都會削減靈力。如果沒穿著冥官給的防護衣，不知道會怎麼樣呢。

差點去想靈力用罄會怎麼樣，岦齋趕緊揮去那樣的思考。想了就會成真，不可以去想。沒事，他穿著冥府的衣服，就是為了避免陷入最糟糕的狀況。

玉依公主可能是在隊伍的前方，岦齋往那裡奔馳。

對阻擋他去路的頭披外衣的鬼群揮下刀印。

「碎破！」

看到好幾個鬼化成黑灰的鬼群有點害怕，動作變得遲緩了，岦齋趁機突圍。

喪葬隊伍沿著水濱前進。鬼成群湧上來，試圖阻擋岦齋。

在遙遠的前方，有一團鬼群加速前進。那種聚集方式很奇怪，好像是在隱藏什麼。

岦齋邊在攻擊中穿梭閃躲，邊定睛凝視，看到宛如黑色霧靄般的東西在半空中飛舞繚繞，包圍著那一團。

是黑虫，但不是蜜蜂的外形，而是像被短短扯斷的絲線。是彷彿從覆蓋萬物的漆黑暗夜擷取而來的顏色，邊扭動約一根手指長度的細長身軀，邊向四周撒出如黑色霧靄般的東西，交錯飛舞。

飛來飛去的黑虫群，散發出比黃泉之風更濃烈的黑色霧靄般的陰氣。

「不對……」

岦齋懷疑地低嚷。

說是陰氣，還不如說是——

「……是詛咒……！」

詛咒會導致災難、引來禍害、招來不幸，是最被忌諱的邪惡言靈。

豈齋的背脊一陣戰慄。一隻隻冒出來的飛來飛去的黑虫群，散發出來的陰氣更兇惡，非人界的陰氣所能比擬。

召喚出那些東西的人，難道是——

想到是誰，豈齋的胸口深處颼地發冷。

可以成為女巫神讓天照大御神降臨身體的人，唯有被天御中主神選中的玉依公主，她的祈禱會讓國之常立神的神氣繞巡全國。

那麼強大、純粹的祈禱力量，若是反過來呢？

神能聽到她的祈禱，讓神力遍及日本的每個角落。

如果把她的祈禱換成詛咒，會怎麼樣呢？如果神聽到的不是祈禱，而是詛咒，會怎麼樣呢？

「這可不能開玩笑……」

豈齋大驚失色，不寒而慄。原來黃泉之鬼奪走玉依公主的魂，是為了詛咒神？

黑虫群逐漸擴大，包覆住喪葬隊伍的前方。不停地冒出來的黑虫的拍翅聲，隨風傳到了這裡。

這裡是夢殿，住著死者、妖、神，是會與那些相連結的夢的世界。

這樣下去，那些不祥的黑虫也會通過夢，進入人心、腐蝕人心。

就在岦齋這麼想的時候，耳朵掠過夾雜在拍翅聲裡的微弱聲音。

「必須設法阻止……」

「……不……」

岦齋邊擋開來自側面的攻擊，邊唸誦真言，把意識傳送到喪葬隊伍裡。

「南無馬庫桑曼達吧沙拉旦、顯達馬卡洛夏達索瓦塔亞溫、塔拉塔坎、漫！」

不動明王的火焰一把掃蕩了包圍岦齋的黃泉鬼群，黑色灰燼唰地向四方爆開散落，被不知不覺中逼近腳邊的波浪捲走。

在水面擴展延伸的火焰，熊熊燃燒起來，就快燒到喪葬隊伍後面。

大群黑虫立刻嘩地蓋住火焰，邊啃噬火焰邊瓦解潰散。

發出笨重的拍翅聲，把火焰吃光光的黑虫餘孽，又衝向了岦齋。

岦齋抓住最靠近身邊的鬼的頭，把那隻鬼摺倒，順勢拋向黑虫，趁聚集的黑虫一哄而散時，鑽進喪葬隊伍的最後面。

「嗡、阿迦拉達顯達、薩哈塔亞、溫。」

他以單膝著地的姿勢，結起不動明王槍印，放聲怒吼，喪葬隊伍的鬼群就像被巨大的長槍刺中般，左右彈飛出去，滾落地面。

黑虫群也被爆開，清空了視野。

氣喘吁吁的岦齋劇烈抖動著肩膀站起來。

手被頭披外衣的鬼抓住的嬌小女孩的背影，出現在遙遠的前方。

鬼粗暴地拉著女孩的手，走向前方那片黑色波浪裡。被搖搖晃晃拖著走的女孩似乎在抗拒，百般不情願地搖著頭扭動身體。

每當湧向她腳下的大顆水泡爆裂，飛沫濺到身上，女孩的動作就變得遲鈍。

岦齋發現在不斷冒出大水泡的下方深水水底，有個巨大的磐石，驚愕地倒吸了一口氣。

稍微開啟的岩門，是黃泉的入口。這裡的水是夢殿與黃泉的境界。

不斷冒出來的大水泡是黃泉之風，所以，被飛沫濺到的玉依公主，靈力漸漸被削弱。黃泉之鬼沉入波浪裡，女孩的腰部以下都浸入了水裡。

「等等！」

岦齋全力奔馳，但是，被重整態勢的鬼群接二連三伸出來的爪子阻撓，沒辦法順利前進。

「玉依公主！」

就在他伸出手不由得大叫時，破繭而出的白色蝴蝶，從狩衣的衣帶飛出來。

「啊……」

岦齋瞠目結舌。魂虫沒有靈體的守護，是完全裸露的魂。

在這個連呼吸都快凍僵的充斥著濃烈陰氣的地方，那隻魂虫究竟想做什麼？

就在這一剎那，岦齋腦裡響起類似怒吼的聲音。

——放開我女兒……！

聽出是魂虫磯部守直的叫聲時，岦齋屏住了呼吸。

白色魂虫緊緊咬住抓著玉依公主纖細小手的鬼的手指。

這時候，岦齋清楚看見，虛弱到快倒下來的磯部守直，瘋狂地把黃泉之鬼與齋拉開的模樣。

鬼的手指上纏繞著看似火花的閃光，啪嘰爆開。那是靈力。守直把僅剩的一點點靈力，都使出來攻擊鬼了。

半損毀的鬼手消失在波浪間，被拋開的玉依公主因為反作用力向後倒。

衝過去的岦齋勉強接住了被衝擊力彈飛去的魂虫。翅膀到處碎裂的魂虫微微顫抖，做著垂死掙扎。

抓住快倒進波浪裡的玉依公主的手，把她抱起來的岦齋，往水濱移動。妖氣凝聚湧上來，岦齋在千鈞一髮之際築起保護牆，把成群攻過來的黃泉之鬼，如球般彈飛出去。

「……」

心想好險的岦齋，鬆了一口氣。

「不過……」

看著在掌心顫抖的魂虫，岦齋不禁暗自感嘆。

沒想到魂虫會破繭而出。守直雖是當代玉依公主的父親，但也不可能有那樣的力量。

「對了……」

想起守直原本是伊勢齋宮寮的官吏，就能理解了。而且，磯部氏是世世代代都服侍伊勢神宮的血脈，守直應該是直系，所以擁有可以解開岦齋法術的力量與本事也不奇怪。

雖不奇怪，但在這個充斥陰氣的夢殿盡頭，也很難殘餘那樣的力量。

想到這裡，岦齋搖搖頭，認為那並非殘餘的力量。

而是為了把女兒救回來，竭盡所有靈力破繭而出，把用來讓魂成形的最後力量也用罄了。

這樣下去，翅膀會完全崩落，連蝴蝶的形狀都無法維持。裸露的魂接觸到這麼濃烈的陰氣，會在瞬間被削去所有的生氣。

生氣枯竭後，守直的魂就會在這裡消失。也不能投胎轉世，只會粉碎四散，直接沉入黃泉。

茫然坐在水邊的玉依公主，看到在岦齋掌心的白色蝴蝶微微張合著破破爛爛的翅膀，忽然從夢裡醒來般，眨了眨眼睛。

蝴蝶模樣的那個東西，瞬間與奄奄一息的守直的身影重疊，就消失了。

齋張大眼睛，露出難以置信的神情，從毫無血色的嘴唇發出嘶啞的低喃。

「父……親……」

四枚翅膀的其中一枚凋落，魂虫散發出來的光芒也快消失了。

「父親……父親……父親……」

用急切的聲音連連呼喚的齋，大驚失色。

「父親、父親！您怎麼會變成這樣……」

大顆淚水從注視著蝴蝶的眼睛溢出來。齋伸出來的手，在快碰觸到之前又縮回來了。她想到，現在不小心碰到，說不定會潰散凋零。

她的憂慮是對的，守直的魂已經脆弱到那種程度了。

「啊，父親……我該怎麼做……」

驚慌失措的齋，急忙環視周遭。

「母親、母親在哪裡?!剛才一直跟我在一起啊，難道母親也……」

岦齋極力安撫慌亂的齋說：

「冷靜點！這隻魂虫……這隻蝴蝶還有救，放心。」

他邊說邊再次用靈蘚纏住魂虫，讓齋輕輕握在手上。

「好好帶著，絕不能離身。」

邊顫抖邊點頭的齋，把白色的蘚收進前襟交領深處，絕不讓魂虫遺失。

靈蘚虛弱地發出帶點微溫的如呼吸般的脈搏波動。

齋直覺那是父親的呼吸，也就是應該還在海津見宮的宿體的心跳。當感覺不到這個脈動時，父親就會被死亡吞噬，必須盡快把魂虫送回宿體。

這時候齋才發現周遭飄蕩著無邊無際的濃密陰氣，愕然低喃：

「這裡是……這是什麼……」

齋他們被籠罩在圓柱形的保護牆裡。定睛凝視，竟然看到黑暗中有多到數不清的可怕妖魔，正用閃閃發光的眼珠子盯著他們。

身體驚悚地瑟縮起來，無法順暢地呼吸，胸口好難受。

再回神時，齋發現自己正微微顫抖。

「是陰氣……妖氣……黃泉之風……」

夾雜著氣息的嘟囔從嘴巴溢出來，齋被自己的話嚇得全身戰慄。

沒錯，這是黃泉之風。陰氣瀰漫到令人害怕的這個地方，既不是海津島的地下深處，也不是人界。

這裡是夢與現實之間的狹縫，這裡是與死亡相鄰的境界水濱。

齋注視著顫抖的雙手。直到剛才都還模模糊糊的記憶，逐漸變得清晰。

當時齋是察覺異狀，才和益荒一起跳進三柱鳥居裡，降落到地御柱現場。

在完全失去清涼的現場，高高聳立的地御柱徹底氣枯竭，整個被數量驚人的黑虫覆蓋了。

她想起自己被充斥現場的濃烈陰氣吞噬，造成嚴重暈眩。飛來飛去的黑虫如刺激人心、蠱惑意識般的翅膀聲在耳邊重現，她不由得感到窒息。

「母親……」

在回溯記憶中，齋越來越難過，掩臉哭泣。

好想念、好想念、想念得不得了的母親——前代玉依公主，出現在地御柱後面。

看見她的身影，齋瞬間什麼也無法思考。腳自己動起來，不知不覺就衝出去了。

益荒大叫，益荒拚命想制止自己。

自己卻因為看到不該活著的母親的身影而失去理性，被黑衣、被黑虫的翅膀聲包圍，把整顆心都交給了不斷重複的甜美冰冷的聲音。

那之後意識朦朧不清，好像是放棄了自己的任務，走在非常寒冷的黑暗中。

還隱約記得，聽從冰冷聲音的命令，下了詛咒。

自己做的事太可怕了。知道罪孽有多深重，讓她手腳冰冷，顫抖不止。

「……嗚……」

淚水止也止不住。該怎麼贖罪才行呢？該用什麼贖罪呢？

只能把身、心都還給神了——。

「——」

就在她下定決心抬起頭的瞬間，聽見衣服摩擦聲。柔和的風拂過臉頰，帶點微溫的衣服包住了她。

霎時無法理解發生什麼事而神情恍惚的齋，臉被一雙大手包住抬起來。

「放心。」

自信滿滿、說話說得斬釘截鐵的那張臉很熟悉。

「陰……陽……師……」

男人露出開朗的笑容，對茫然低語的齋說：

「答對了。」

◇　◇　◇

8

寅時快結束的時候。

在紅色雷電劃破黑雲、低沉雷鳴轟隆的豪雨中，包住昌浩一行人的神氣漩渦飛過天空、越過伊勢大海，降落在海津島上。

降落地點是位於島東側的懸崖，從這裡沿著道路前進，就會到達齋居住的海津見宮東棟。

昌浩神情嚴肅地環視周遭。海津島的樹木也跟京城周邊、菅生鄉一樣，處處變色，開始枯萎了。

有玉依公主在海津見宮的地下祭殿大廳向神祈禱的海津島，通常有神威籠罩，現在卻完全沒有那種感覺。

「這邊。」

正要跟著帶領一行人的益荒前進的昌浩，忽然察覺到什麼，停下腳步。

「怎麼回事……」

飄蕩著奇妙的感覺。樹木散發出燒焦般的味道，腳下有種緊緊纏繞上來的黏稠觸感，還有聽起來遲緩、低沉、多重的聲音。

坐在昌浩肩上的小怪，警戒地低嚷：

「是翅膀聲……」

走在益荒後面的太陰，赫然張大眼睛，同時抓住神使的手，蹴地而起。

霎時，大群黑虫衝破半枯萎的茂盛葉子，嘩地躍出來。

昌浩倒吸一口氣，心想原來是這些黑虫把島的神威吃光了？

「什麼……！」

抓住瞠目結舌的益荒後高高往上飛的太陰，看到黑虫群追上來了。包住太陰和益荒的風，被狂擊的強雨往回推，速度減慢。

「太陰！益荒！」

昌浩大叫，要結起手印時，手被小怪的前腳壓下來了。

「小怪？」

「沒關係，你不必出力。」

「可是……」

小怪瞪一眼想反駁的昌浩，不讓他說話，甩了一下長尾巴。

纏繞著白色身軀冒出來的磷光，數量增加，捲起漩渦，猛然攀升。

昌浩張大了眼睛。十二神將騰蛇爆發出火焰的神氣，那光景很像紅色的蛇邊扭動邊向上延伸。但是，綻放出來的光芒，比平時更強大。

亮到張不開眼睛的強烈光芒相互撞擊，形成巨大的火花。

小怪爆發出來的灼熱閃光，刺向黑虫群，鈍重的拍翅聲戛然靜止。

那團黑色凝聚體被白色火花一包住，就啪地粉碎四散了。所有一切都被燒得精光，連灰燼都不剩。

「好厲害……」

聽到昌浩讚嘆的嘟囔聲，小怪不悅地瞇起眼睛。可能是不喜歡纏繞的磷光，它哆嗦抖動身體。

往上飛到靠近黑雲高度的太陰，神情恍惚地俯瞰著小怪。

「神將，放開我。」

被太陰抓著手懸掛在半空中的益荒這麼說，太陰也好像沒聽見，眼睛眨也不眨地俯瞰小怪，不停動著嘴唇。

不敢貿然甩開太陰的手，動彈不得的益荒，耳裡傳來半啞然的嘟囔。

「那是……什麼啊……騰蛇……太可怕了……」

益荒皺起了眉頭。神將的確是說「太可怕了」，如果是說「太強了」也就算了，對著同袍說「太可怕了」，是不是有點問題呢？

「太陰，好像沒事啦！」

太陰看到昌浩叫喊著向她揮手，才終於回過神來。用風包住自己和益荒，邊彈開雨邊緩緩下降。

忽然，紅色雷光從非常靠近太陰和益荒的地方疾馳而過。那道雷擊彷彿企圖劈碎太陰的風。

「這是……」

益荒感覺雷中有不祥之物，皺起了眉頭。

他見過非常類似的東西。酷似在地御柱現場，以玉依公主的模樣跟黑虫一起出現的人散發出來的氣息。

離昌浩他們所在的降落地點還有一段距離。這時益荒才發現，已經和太陰上升到可以把整座島盡收眼底的高度。

已經是破曉時刻，厚雲下方卻暗得像黑夜。視野因豪雨而模糊不清，益荒把視線拋向海津見宮，發現從空中俯瞰的宮殿東棟的屋頂破了一個大洞，大驚失色。

「神將，去宮殿！」

往他所指的方向望過去的太陰，瞠目結舌，立刻改變路線前往海津見宮。

昌浩和小怪聽到益荒的聲音，也轉身衝向宮殿。

纏繞著風的太陰和益荒，在宮殿的庭院降落，風煽動直立枯萎的樹木，葉子紛紛飄落。

「齋小姐！」

太陰看到神使跑上外廊，撥開竹簾衝進屋內，猶豫著應該跟在他後面，或是等還沒追上來的昌浩他們。

「齋小姐、齋小姐！齋小姐……！」

益荒的聲音逐漸遠去。

不知所措的太陰，看到從樹木間鑽出來的昌浩，鬆了一口氣。

「昌浩，這裡的屋頂壞掉了，益荒看到就往裡面跑了。」

從宮殿深處微微傳來益荒叫喚齋的聲音。

「我走前面，你們跟在我後面。」

滿臉嚴肅、甩著耳朵的小怪，從昌浩肩上跳到外廊上，小心地踏入屋內。

「哇……」

昌浩的額頭冒出冷汗。

從外面多少也看得出來，東棟損毀得非常嚴重，簡直就像被大鐵鎚之類的東西敲壞了。屋頂破了個大洞，到處崩塌、折斷的梁木和柱子被風颳跑、地板傷痕累累。家具傾倒，甚或摔得四分五裂。

在來這裡之前，聽益荒說過，東棟是齋和守直居住的私人空間。

想必益荒是在東棟看不到齋和阿曇，就往宮殿深處去了。他既然是被派來服侍玉依公主的神使，當然要那麼做。

那也沒錯，不過，守直應該也是魂從宿體脫離後還沒醒來。既然還沒醒來，就是還躺著；既然還躺著，就應該在東棟的某處。

如果屋頂崩塌時被捲進去，會有生命危險。

跟在小怪後面前進的昌浩，回頭對殿後保護他的太陰說：

「太陰，我跟小怪去益荒那裡，妳去找守直大人的宿體。」

「知道了。」

與太陰兵分兩路的昌浩和小怪，邊巡視宮殿內狀況邊趕往深處。宮殿到處都躺著在這裡服侍的神職，其中也有他們認識的人。大家都還有呼吸，只是面如死灰，一動也不動。

「魂脫離了……」

就在這時候，神情緊張地嘟囔的昌浩，耳裡傳來叫喊的聲音。

「不要過來！」

昌浩和小怪都屏住了氣息。有人，有人在西棟。

益荒直接去了位於最北邊的房間，那裡面設有面向岩門的祭壇，岩門後有階梯通往祭殿大廳。

該不該去追他呢？昌浩猶豫了一下，但是，很快改變了前進方向。

西棟有度會氏的神職人員居住的私人侍女房、房間，剛才的聲音就是來自那裡。

在小心前進中，開始響起陰森的翅膀聲，濃烈的陰氣捲起漩渦，緊緊纏繞在腳上。有黑虫群藏匿在某處。

坐在昌浩肩上的小怪，眼神更為嚴厲了。侍女房的帳幔隔間架詭異地搖晃著，無數小黑粒忽隱忽現。

「祓除淨化……！」

黑虫群發出痛苦的聲音被彈開，帳幔架被衝擊推倒，裂開的帳幔漫天飛舞。

昌浩張大了眼睛。

「度會禎壬……」

在帳幔架後面的是，抓著破爛到慘不忍睹的大外褂的度會禎壬。

他是統御海津見宮的神官，是度會氏的首領。以前他對齋和守直都沒什麼好感，不知道現在怎麼樣了。

「昌浩，你看。」

聽到小怪的聲音，昌浩大驚失色，在周圍飛來飛去的黑虫全撲向了禎壬。

「祓除……！」

被禎壬揮動外褂驅逐的黑虫，企圖鑽過縫隙從後面攻擊他。不斷唸誦神咒的禎壬的靈力，只能勉強閃躲。

他似乎在保護什麼。

昌浩從黑虫群的縫隙定睛一看，發現禎壬背後有幾十隻魂虫擠在一起發抖。禎壬孤軍奮戰，是為了保護它們。

但是，被那麼強烈的陰氣包圍，靈力和體力都支撐不了多久。

臉色發白的禎壬揮動著外褂，有團黑虫附著在他手上。

「祓除……！」

禎壬的叫聲嘶啞，老邁身軀的膝蓋彎折下沉，靈力瞬間被吞噬，失去了意識。

「嗡！」

就在昌浩結印的同時，小怪跳了起來。

看到新的敵人出現，黑虫兵分兩路，一路撲向昌浩。

「嗡阿迦拉達顯達、薩哈塔亞溫！」

勾玉與真言的唸誦相呼應，出現實體化的不動明王火焰，瞬間將黑虫群吞噬，燒得精光。火焰與陰氣相抵消，為冰冷的房間帶來了熱氣。

小怪爆發出來的神氣，把圍住禎壬的黑群虫炸飛。白色磷光爆出火花，所有碰觸到強烈陽氣的虫都消失得無影無蹤。

聚集在一個地方的魂虫，都害怕地抖動著翅膀，張張合合的翅膀上浮現出人臉。小怪認得其中幾人，沒記錯的話，是度會氏的重則和潮彌等人。

「難道是他們所有人……？」

小怪皺起了眉頭，在它旁邊的昌浩讓禎壬仰躺，大聲叫喚他。

「禎壬大人、禎壬大人！醒醒啊！」

臉色蒼白的禎壬，緊緊閉著眼睛，消瘦的臉頰讓人聯想到亡魂。昌浩這才想起，益荒說過宮殿裡的人都說身體不適，其中應該也包括禎壬在內。

「昌浩，你讓開一下。」

「小怪？」

昌浩讓出空間，小怪滿臉緊張地注視著禎壬。從它的身體緩緩飄起白色磷光，纏繞禎壬，化為火花。發出嗶嗶剝剝聲響被吸收後，禎壬的臉頰瞬間泛紅。沒多久，老人大大吸口氣，慢慢抬起眼皮，疑惑地四處張望。

「你是安倍家的……」

昌浩對輕聲低喃的禎壬點點頭，邊環視周遭邊開口問：

「到底發生了什麼事……」

被問到的老人，難過地皺起眉頭，呻吟似地斷斷續續說：

「紅色雷電……嚴靈……降落……占據了齋的身體……」

低嚷的禎壬咬住嘴唇，顯得懊惱不已。

「占據？占據了齋……？」

看到昌浩瞠目結舌地重複那句話，小怪甩甩耳朵說：

「那個齋……應該說是那個嚴靈？那傢伙去哪了？」

昌浩看到禎壬的眼裡透著痛苦的神色。

「應該是去了祭殿大廳……」

身體不適一直躺著的禎壬，被落雷擊昏了。再醒來時，他不確定經過了多少時間，但是，覺得並不是很久。

他正要拖著沉重的身體去東棟探查狀況時，白色蝴蝶就從各個角落聚集過來了。接著，出現了追殺蝴蝶的黑虫群。
那道紅色雷電，把保護海津島的神威劈飛了。與落雷同時降落的嚴靈，可能是占據齋成為空殼的宿體，打開了位於宮殿最北邊的祭壇大廳的岩門。
昌浩不寒而慄。原來讓地御柱的神氣枯萎的黑虫群，是從石階飛上來的？
「等等，現在益荒在宮殿深處……」
猛然想起的昌浩，轉身往前衝。
「啊，喂！」
橫眉豎目的小怪本想去追昌浩，但瞬間猶豫了。雖然補回了生氣，但禎壬畢竟是臥病在床好一陣子的老人，不能這樣丟下他不管。
忽然，吹起風，打在小怪臉上。全身纏繞神氣的風飄浮在半空中的太陰，把昏迷的守直扛在肩上，嗖地現身了。
「昌浩，我找到守直了……嚇！」
不小心與小怪四目相對的太陰，倒抽一口氣往後退。小怪完全不理會同袍全身僵硬的模樣，邊從她身旁走過去邊說：
「那傢伙就交給妳了！」
「咦？」
太陰看到小怪的尾巴前端指向了禎壬和許許多多的魂虫，但是，完全搞不清楚狀況，驚慌失措。

「咦？咦？什麼？呃，我在這裡保護他們就行了嗎？」

轉眼一看，禎壬正擺出一張臭臉，不悅地瞪著太陰扛在肩上的守直。老人百般不情願地揚揚下巴，似乎在說把守直放在那裡就行了。

捲起風的漩渦包住兩個人和所有魂虫的太陰，發現四周飄蕩著軻遇突智的神氣。因為這樣，室內才會比其他地方溫暖許多。

「喂，度會禎壬，你還是跟磯部守直、齋處得不好嗎？」

降落在身旁的神將直言不諱地切入主題，讓老人臉上的不悅之色更濃了。

「對玉依公主和她父親，我向來會竭盡底限之禮。」

太陰眯起眼睛說：

「我可以理解你們的心情，但是……請不要只做到底限，盡可能關心他們嘛。你們要是那麼想，齋今後還是會一樣寂寞……我想黃泉那些傢伙就是看準了這一點。」

「──」

可能是被戳到了痛處，禎壬咬著嘴唇沉默不語。

「我自己也怕騰蛇，所以沒資格說太多，但是……」

喃喃低語的太陰，耳朵再次捕捉到從某處傳來的陰森拍翅聲。

她嘆口氣，擺好備戰架式。

位於海津見宮北棟最深處的祭壇大廳，感覺不到陰氣，也感覺不到神氣，空蕩蕩一片。

從西棟過來的昌浩，看見阿曇倒在敞開的岩門前。

他趕緊跑過去搖她，但不見一絲絲反應，蒼白如紙的肌膚也白得像做出來的，可見生氣完全枯竭了。這樣下去，很可能在昏迷不醒中香消玉殞。

「是用她的神氣開啟了門吧？」

眼神嚴峻的小怪低嚷。

要開、關這個祭壇大廳的岩門，需要神氣。玉依公主不在，沒有人可以讓神氣降臨，阿曇是唯一可以開啟岩門的存在。

現場微微殘留著益荒的神氣軌跡。他毫不猶豫地走上祭壇，從岩門後面的石階走下去了。按理說，他應該會看到倒在附近的阿曇，但是，他一定是以公主的安危為優先，顧不得關心同袍狀況，先丟下了她。若是兩人立場相反，想必她也會採取同樣的行動。

從石階吹來的風冰冷異常，昌浩不由得全身發抖。

齋的宿體就在前面。占據她身體的嚴靈，應該就是操縱智鋪祭司宿體的妖魔。成親斷定那是八雷神。哥哥的判斷一定不會錯。

九流族的真鐵，身為祭祀王，是請八岐大蛇荒魂降臨的容器。齋也一樣，是可以請任何神降臨體內的女巫玉依公主。

既然會選擇讓神降臨的容器降臨，那麼，那東西不是神，就是能與神匹敵的妖魔。

是雷、是嚴靈、是鳴神、是兇猛的妖魔——黃泉之鬼。

抓著衣服下的勾玉緩緩吸氣的昌浩，下定決心，跨向了石階。

在小怪帶領下，他把手貼在牆壁上，小心地走下石階。沒遇上戒備中的敵襲，但是，越往下走陰氣越濃，呼吸逐漸變得困難。

小怪發出來的軻遇突智的磷光，照亮著昌浩腳下，還驅逐了往上攀爬的陰氣和邪念，否則半途就會筋疲力盡動彈不得。

走下這個石階就是寬廣的祭殿大廳，為了亮光和除魔，這裡總是燃燒著篝火。玉依公主會端坐在被木框結界包圍的祭殿裡，面向巨大的三柱鳥居祈禱。

神威會降臨三柱鳥居，玉依公主會在祈禱中請求神諭。

在這個神聖的空間，總是捲繞著神氣的漩渦，強烈到令人震懾。

然而，走下岩窟石階的昌浩，卻發現空氣完全不一樣，啞然失言。

原本滿盈的神氣，竟然分毫不剩了。

寬廣的空間乾燥、冰冷，連原本不絕於耳的波浪聲都靜止了。

昌浩望向應該聳立在前的三柱鳥居，發現祭殿前瀰漫著類似深黑色霧靄的東西，他推測那是現場污穢的實體化。

仔細一看，益荒倒在損毀的木框結界前。他氣喘吁吁地上下抖動著肩膀，掙扎著要爬起來。

神使前面有個白色的物體。昌浩定睛凝視，倒抽了一口氣，那是個身材嬌小的女孩，身上的衣服是黑白相間的奇怪斑點圖案。

「益荒！」

益荒沒看衝過來的昌浩和小怪，只是痛苦地呻吟。之前吸入軻遇突智的神氣已經復原的生氣，又快要枯竭了。光是在徹底污穢的現場呼吸，就會逐漸失去精力。

昌浩瞥小怪一眼。若不是有軻遇突智的磷光，昌浩也早就陷入跟益荒同樣的狀態了。

收集纏繞在小怪身上的磷光，撒在益荒背上，神使的呼吸就逐漸變得順暢了。

益荒懊惱地蹙起眉頭，強撐著站起來。

「齋小姐她……！」

昌浩再走近一點觀察齋，驚訝地張大了眼睛，原來齋身上的衣服看起來像黑白斑點的圖案，是因為蠢蠢攢動的黑虫群與邪念交織纏繞。

冷眼看著益荒的齋，陰森地嗤笑著，昌浩還記得那個眼神。

那雙眼睛跟對著滿身瘡痍的成親嗤笑的智鋪祭司一樣。

這時候，轟隆震響的重低音從地底頂上來，傳來原本聽不見的波浪聲，聽起來很像驚濤駭浪的大海聲。

一大團東西隨著撥開浪潮的轟隆聲，衝破了黑色霧靄。

「是黑虫……！」

成群的大批黑虫化為一個巨大的妖魔，襲向了昌浩等人。妖魔一扭動身軀，就會噴出黑色陰氣，到處散播。散開的陰氣飛沫，發出拍翅聲飛舞，黑虫群就無止境地增加。

忽然，昌浩聽見竊笑聲。

是齋。外形是齋的黃泉妖魔，露出殘酷的眼神，嗤嗤笑著。

「把齋還給我！」

看到昌浩不由得大叫，黃泉妖魔微傾著頭，斜斜揚起嘴角說：

「這是非常好的容器，魂持有的力量也擅長詛咒。」

如銀鈴般的聲音說出來的話意味著什麼，昌浩一時之間無法理解。

「啊……？」

從啞然失色的昌浩身旁爆出了益荒的怒吼聲。

「是你？就是你讓齋小姐詛咒了神？」

「咦……」

昌浩茫然低喃，黃泉妖魔在他視野裡陶然微笑，那個表情就是答案。

昌浩全身戰慄。祈禱與詛咒是一體兩面，祈禱的能力越強，詛咒的能力就越強。

如果祈禱能確實傳達給神，那麼——詛咒也能確實傳達給神。

「咦……慢著……詛咒是……」

想到一個事實，昌浩不禁愕然。

剛才妖魔的確說到「魂持有的力量也……」。

「如果玉依公主下詛咒……會發生什麼事……」

看到昌浩這麼自言自語，黃泉妖魔顯得很開心。

「會反彈喔，詛咒會分毫不差地反彈回來。」

昌浩清楚看到黃泉妖魔的眼睛閃爍著殘酷的光芒。

「反彈回來的詛咒，會沿著龍脈傳遍全國萬物。」

昌浩的心臟撲通撲通劇烈跳動。

龍脈原本是國土的基石，用來讓國之常立神的神氣繞巡到每個角落，就像人體內的毛細血管般遍布全國。

對神的詛咒會從龍脈繞巡擴散。

繞巡的詛咒應該會詛咒全天下萬物吧？

那麼，詛咒會招來更多的死亡。不只疾病，詛咒也會帶來死亡。

這是非常可怕的未來畫面。如果什麼都不做，這樣下去一定會成為現實。

「現世將成為黃泉。」

不自然到有點脫離常軌的開朗聲音，讓昌浩瞠目結舌。

死亡充斥的人間將成為黃泉，成為地底深處的陰妖魔、陰神的國度。那麼，在龍脈繞巡的將是那個撕裂天空的紅色雷電？

昌浩發現驚愕的益荒在視野一隅微微顫動著肩膀。

「怎麼會……這樣……」

神使喘著氣發出來的聲音是嘶啞的。

原來玉依公主齋會被盯上，是因為這個目的。神使還以為對方奪走她的魂，是為了斬斷她對神的祈禱，沒想過那之外的可能性。

「這個容器我帶走了。」

聽到女孩冷不防說的話，小怪豎起了眉毛。

「什麼？」

「我會在地底下替她做個替身，做絕不會腐朽的替身、做那個愚蠢的女孩朝思暮想的女人的替身。讓那個愚蠢的女孩，邊作幸福的夢邊永遠詛咒神。」

益荒大驚失色。

「你說什麼……！你要讓玉依公主污穢到極致，再殺了她嗎？」

因憤怒而顫抖的吼叫聲近似慘叫。

轉頭看著憤怒的神使的黃泉妖魔，張大了眼睛，突然哈哈大笑。

「殺了她？殺了這個容器？」狂笑了好一會的黃泉妖魔，猛然抹去臉上的表情說：「那麼做，就會出現下一代女巫啊，笨蛋。」

用輕蔑的眼神看著益荒的黃泉妖魔，很掃興似地轉身離開了。

「齋小姐！」

益荒驚慌失措的叫聲，被黑虫的拍翅聲掩蓋了。

女孩從祭殿跳到海面上，黑虫群嘩地群聚到她身上。一團黑虫群就那樣飛到三柱鳥居裡面，邊散播陰氣邊降落。

「等等！」

要起身追上去的益荒和昌浩，被陰氣的妖魔擋住了去路。

白色小怪翩然降落在躊躇不前的兩人前面。

「這裡交給我，你們去追那傢伙。」小怪用嚴厲的眼神看著益荒說：「帶昌浩一起去，驅逐污穢、解除附體都是陰陽師擅長的領域。」

「咦，擅長的領域？」

沒想到小怪會那麼說的昌浩，不由得重複這句話。小怪回看著他，眼神裡交雜著錯綜複雜的情感。

「老實說，我真的很不想讓你去，但是，要把附體的妖魔徹底從宿體拉出來，只有陰陽師辦得到……而你是這裡唯一的陰陽師。」

知道小怪說那句話是怎麼樣的心情，昌浩緊緊咬住了嘴唇。

小怪不斷告訴他，不可以再使用力量、使用法術，因為再增加負擔，會更縮短他僅剩不多的壽命。

然而，小怪作了決定。應該是在安倍家，昌浩請它協助時作的決定。
小怪甩甩長尾巴說：
「去吧……我不知道我能不能控制好力道。」
清楚聽見這句喃喃自語的昌浩，正感到疑惑的瞬間，小怪的白色身軀就被搖曳的火焰包住了。
灼熱的鬥氣爆發，磷光四濺，閃光迸射，捲起漩渦。
昌浩把眼睛張大到不能再大，注視著許久未見的高大身影。
熟悉的身軀彷彿與另一個身影重疊了。捲起漩渦的火焰纏繞全身，升起強烈的熱氣，感覺光呼吸都可能燒掉肺部。
黑虫被熱風吹得潰不成軍，眼前的妖魔也被熱氣逼得開始往後退。
昌浩咕嘟吞了口唾沫，心想這就是軻遇突智的火焰啊。
同時，昌浩明白了一件事。以前他從高龗神借來的火焰，不過是軻遇突智神力的一鱗半爪。若是高龗神借給他全部，他應該會沒命。
身為人類的自己，即使是陰陽師，也駕馭不了那種東西。
與陰氣妖魔對峙的紅蓮，肩膀上下抖動喘息。
看來他雖勉強壓住了，但沒有自信是否能完全駕馭。
「不要發呆，快走！」
被怒喝的昌浩慌忙點頭說：

「哦，嗯。益荒，走！」

被催促的神使突然張大了眼睛。他發現接觸到紅蓮爆發出來的軻遇突智的力量，嚴重消耗的神氣竟然完全復原了。

昌浩和益荒轉身爬上祭殿，跳進聳立著三柱鳥居的海裡。

灼熱的風包住了兩人。

在穿越鳥居柱子的瞬間，整個視野都是銀白色的閃光。

無止境墜落由三柱構成的三角陣深淵的錯覺襲來，受不了風壓的昌浩把雙手交叉擋在臉前，緊緊閉上了眼睛。

身體以螺旋式俯衝下墜。陰氣的漩渦與灼熱的神氣相碰撞，濺起火光，扎刺著眼睛。近似雷鳴的聲音在耳邊多次震響，被敲打耳膜的風嘯聲掩沒。

「唔……還要往下墜多久……！」

不對，應該說還要下墜多深！已經下墜很長的時間，卻還沒到底，感覺以前沒有花這麼多時間。

這麼思索後才想到，地御柱現場並非現世。那個三柱鳥居是進出其他界的出入口，跟安倍家庭院的生人勿近森林、菅生鄉附近的生人勿近山的狹縫出入口一樣。

那麼，說不定也是黃泉的入口。

閃過腦海的思考，讓昌浩咬住了嘴唇。仍無法斷念的掙扎，攪亂著他的心。

就在他緊緊握起雙手的剎那，袖子和衣服下襬被風吹得啪答啪答響的聲音裡，似乎夾雜著微弱的叫喊聲。

——父……親……

昌浩倒抽了一口氣。轉眼一看，身旁的益荒也瞪大了眼睛。

沒錯，剛才聽到的是齋的聲音。齋的悲痛叫喊聲傳進了他們耳裡。

瞬間，風壓消失，看見了灰色地面。

他利用膝蓋的彈性避開著地時的衝擊，翻滾幾次以減弱衝撞力。很快站起來的昌浩，掃視周邊，確定什麼也沒有，鬆了一口氣。

「齋小姐！」

聽到益荒的叫聲，昌浩抬起頭，看到地御柱後面嘩地冒出來的黑虫群，以及一個女孩的身影。

昌浩緊張地比對黃泉妖魔與地御柱。

地御柱的模樣與記憶中相同，給人的印象卻完全不同。

收到祈禱的地御柱，會洋溢著山脈被翠綠樹木覆蓋般的生氣。

然而，現在聳立的地御柱卻完全枯竭了，只剩空殼。

連被邪念覆蓋時，神都還在，而今神不在了。

「這也是……詛咒的……？」

全身纏繞著黑虫的黃泉之鬼，對茫然嘟囔的昌浩大笑說：

「天津神、國津神都從現世消失了。」

昌浩終於明白了。明白貴船祭神為什麼會那麼擔憂、在意樹木枯萎，催促自己行動。

樹木枯竭、氣枯竭，就會形成污穢。

污穢是陰氣。神是極陽之神，無法存在於充滿陰氣的地方。

這樣下去，會如黃泉之鬼所說，所有的神都從人間消失。

占據女孩身體的黃泉之鬼，緩緩吟唱起來。

「——……」

昌浩毛骨悚然，那是召喚喪葬隊伍的黃泉數數歌。

齋的聲音唱著黃泉之歌。

風冷到快把人凍僵了。飛來飛去的黑虫越來越多，聚集在地御柱上，發出低沉的拍翅聲刮削表面。

柱子發出清脆的聲響，四處龜裂，碎片剝落掉下來。

黃泉之鬼還是繼續唱著數數歌。

那是咒歌，唱著唱著就能對柱子下詛咒。用咒詞層層裹住柱子，施行絕對無法解除的詛咒。

飛來飛去的黑虫群，凝聚成團衝過來。

「唔……！」

忽然，昌浩沉默下來。

——父……親……！父……親……！

齋的聲音在胸口迴盪。是不在現場的她的靈魂在叫喚。

脫離宿體的魂出事了。不只是齋，恐怕守直也正面臨危險。

黑虫大軍兵分兩路，包圍了昌浩和益荒。

「齋，對不起……」

在嘴裡暗唸的昌浩，很快結印畫出五芒星。

掛在胸口前的勾玉開始發熱，被注入的道反大神神氣在昌浩全身流竄，聚集在刀印前端。

「縛！」

金色竹籠眼罩住齋，把齋關進裡面。

黑虫大軍嘩地湧向竹籠眼，企圖把構成竹籠眼籠子的神氣啃光。昌浩改結其他手印，對著黑虫詠唱真言。

「嗡阿比拉嗚坎、夏拉庫坦！」

神的通天力量爆開，把黑虫群炸飛。

「南無馬庫桑曼達吧沙拉旦、顯達馬卡洛夏達索瓦塔亞溫、塔拉塔坎、漫！」

爬滿柱子的虫群被神氣的漩渦剝開，彈飛出去。

「縛鬼伏邪、百鬼消除、急急如律令！」

昌浩在周圍築起保護身體的保護牆，拍手擊掌。

「國之常立神，請祓除淨化、請祓除淨化……！」

平時，神名本身就是強而有力的神咒。但是，在氣完全枯竭的這裡，再怎麼唱誦都效果不彰。

只有一點點的咒力被裹住，發出啪唏聲碎裂散落，根本是杯水車薪。要完全去除已深入內部的咒語，必須先斷絕黑虫群散發出來的陰氣。

成群的黑虫從四面八方攻過來。保護牆逐漸被削薄，黑虫的數量太多了。

這時候黃泉的數數歌也持續響個不停。

「可惡……！」

就是那個歌聲招來了黑虫。那是黃泉妖魔唱的咒歌，必須讓歌停止。

「益荒……」

成群黑虫覆蓋了昌浩的視野。

「益荒，讓那首歌停止！」

益荒用神氣撥開黑虫群，鑽出包圍，在關住齋的竹籠眼籠子四周築起保護牆。

忽然，他一陣暈眩，因為靠軻遇突智火焰復原的神氣被削弱了。

「八……消瘦憔悴……又茫然……」

被關在籠子裡的黃泉之鬼，嗤笑著繼續唱歌。

益荒的背脊一陣戰慄，光聽這首歌都會讓人失去陽氣。

原來用玉依公主的靈力唱這首歌，可以發揮如此效果。

「快離開齋小姐……！」

黃泉之鬼斜眼睥睨盛怒咆哮的神使，雙眼閃爍著妖豔的光芒，不慌不忙地把手伸到背後。

益荒屏住了呼吸。她翻過來的白皙手上，抓的是一把細長小刀。應該是插在腰帶上，用來製作祭神驅邪幡的小刀。在宮殿裡服侍的神職，都有一把相同的小刀，可以從刻在刀柄上的名字和圖樣來判別是誰的。

刻在原木柄上的圖樣是波濤洶湧的海濱，那是磯部守直的小刀。

黃泉之鬼嗤嗤獰笑，猛然把刀刃插進自己的肩膀。

「住手！」

益荒連聲音都嚇得發白了，黃泉之鬼翻起眼珠子，看著他嘻嘻嗤笑。

「啊，好痛、好痛。但是，死不了，還死不了，你看、你看。」

女孩放聲大笑，把小刀的刀尖刺進手、腳裡，讓益荒看著滲出來的血把衣服染成紅、白斑點，再把刀刃抵在臉頰上。

「破壞這個籠子，放我出來，快點！」

眼睛眨也不眨地注視著益荒的女孩，瞳孔放大。壓抑不住怒氣的益荒，全身哆嗦顫抖。

被刀子抵住的白皙臉頰，唰地拉出一條紅線。然後，女孩改成將刀刃垂直的握法，用力按下去，銀白刀刃嵌進了皮膚裡。

「住手！」

在神使發出慘叫聲的同時，竹籠眼的籠子應聲碎裂。

被釋放的黃泉之鬼，把沾滿血的刀尖抵在益荒的脖子上，細瞇起眼睛。

「神使會死嗎？」

聽起來天真無邪的輕聲細語掠過益荒的耳朵的剎那，他覺得脖子微微疼痛，熱熱的鮮血隨著脈搏的跳動噴濺出來。

黑虫立刻撲向滿滿都是生氣的鮮血，奪走益荒身上的神氣。

尖銳的哄笑聲在地御柱現場迴盪，彷彿在嘲笑不禁單腳跪地的益荒。

黑虫群猛烈翻滾扭動，充斥瀰漫的陰氣沉沉降落，凝聚成黏稠的一團。

就在按著脖子的益荒快倒下去時，捲起了白色火焰的漩渦，擊潰了黑虫群。

他覺得有熱氣打在臉上，屏住了呼吸，原來是十二神將與火神的強大神氣。

「禁——！」

正要吞噬益荒的邪念變得僵硬，在閃光中碎裂。

擠出最後力氣抬起視線的益荒，看到金色竹籠眼籠子又抓住了黃泉之鬼。

「紅蓮，益荒交給你。」

從旁邊衝過去的昌浩，把刀印的刀尖對準雙手被定在竹籠眼上動彈不得的黃泉之鬼的眉間。

「陰……陽……師……」

益荒想說「你要做什麼」，聲音卻卡在喉嚨裡，只吐出了氣息。

昌浩緩緩吸口氣，移動視線，確認紅蓮就在益荒身旁。

沒關係，即使氣枯竭了也沒關係。

即使天御中主神的神威消失了、國之常立神的神威被吃光了也沒關係。

有天津神——火神軻遇突智的神威在，還有水神高龗神的庇護。

有火水之神，有神在，在此所、此地、此世間。

「天神地祇——」

在氣已徹底枯竭的現場響起的言靈，強烈到讓黃泉之鬼瞠目結舌。

「什麼……」

凝視昌浩的驚愕眼眸，應聲碎裂。

「謹請產土大神、神集獄退妖官諸神，協助此靈縛神法……！」

9

「困困困、至道神勅、急急、如塞、道塞、結塞縛！不通不起、縛縛縛律令！」

正要畫出靈縛印的剎那，女孩突然大大往後仰，翻白眼，全身鬆弛。

昌浩大驚，停下動作，臉色驟變。

「糟了……！」

在齋體內的黃泉之鬼，瞬間消失了。在被靈縛神法抓住前，就拋棄宿體逃走了。只差一點點就能抓住它，把它封住。

金色竹籠眼失去效力，消失不見了。失去支撐的齋倒下來，昌浩及時接住她滿是傷痕的肢體。

「齋小姐……！」

因失血過多而搖搖欲墜的益荒把手伸向她。

昌浩對益荒點點頭，把手擺在齋的額頭上。

宿體還是空殼。必須取回她的魂魄，否則不管怎麼做，這個軀體的心臟都會停止跳動，跟其他失去魂虫的人一樣。

昌浩抱著齋，抬頭看看地御柱，開口叫喚：

「紅蓮……」

被叫喚的神將默然把視線拋向他。

「即使解除施加在地御柱上的咒語，沒有獻上祈禱的齋也不行。」

紅蓮的眼神變得嚴厲，暗金色雙眸更增添了幾分犀利。

「我想齋可能在夢殿，正要前往喪葬隊伍要去的盡頭。」

只有會作夢的人才能去那裡。神將不會作夢。昌浩不知道神使會不會作夢，但是，知道他即使會作夢也不會離開齋的宿體半步。

「我要與她同調，追逐魂魄的軌跡。」

「等等，昌浩！」

昌浩把視線從叫住他的紅蓮身上拉開，低頭看著齋。

「如果黑虫跑出來，就拜託你了。諾波阿拉坦諾……──」

很快唸完咒語的昌浩，身體癱軟傾斜。紅蓮抓住快滑下去的齋和昌浩，露出滿腔怒火的表情，深深嘆了一口氣。

「癒合了……？」

臉色蒼白地按著脖子的益荒，忽然蹙起眉頭，把手從脖子放下來。

聽到驚訝的聲音，紅蓮低嚷：

「是啊，可能是軻遇突智的火焰做了什麼吧。這東西非常難控制，根本不聽使噢，很麻煩。」

紅蓮眉頭深鎖。他只要保持原貌，軻遇突智的力量就會漫無止境地噴發出來。因為不是自己的力量，所以不會覺得累，但麻煩的是會在不知不覺中對很多地方造成無法預料的影響。

殲滅祭殿大廳的陰氣妖魔，沒有花多少時間。但是，花了不少時間壓制解封後暴衝的軻遇突智火焰。

紅蓮降落這裡的時候，昌浩和益荒都陷入了險境。想到自己若遲來一步會怎樣，就不寒而慄。

「這個力量跟陰陽師的法術不一樣，可不能除去傷口喔，只能用接近極致的陽氣加速傷口的癒合，或促進皮膚的修復等等。」

軻遇突智的磷光可以讓生氣和神氣瞬間復原，所以，直接接觸到神氣的人的傷口，也大有可能馬上癒合。

不經意地俯視齋的紅蓮，發現她白皙的臉頰和身體傷痕累累，又看到刀尖沾滿血的小刀掉在地上，心想兇器應該就是那把刀。

「喂，這是怎麼回事？」

聽到疑惑的詢問，益荒豎起眉毛說：

「是黃泉之鬼戳傷了齋小姐的身體……！」

而且還是用她親生父親磯部守直的小刀，很享受似地到處戳刺。

益荒的拳頭顫抖起來。只差臨門一腳被黃泉之鬼逃走，令他懊惱不已。

紅蓮瞇起眼睛，安撫怒火中燒的神使。

「被黃泉之鬼逃走，也不能把氣發在昌浩身上吧？他為了把齋帶回來，還捨命進了夢殿呢。」

「我知道。」粗聲粗氣回答的神使，橫眉豎目地逼近紅蓮說：「快治好齋小姐身上的傷。」

「……」

眼睛半睜的紅蓮，在嘴裡嘀咕：「這傢伙有沒有在聽啊？我剛剛才說軻遇突智的火焰非常難控制，根本不聽使喚，很麻煩啊。」

無言的神將聳聳肩，瞪著一觸即發的益荒，把軻遇突智的神氣小心地注入齋的臉頰和各處傷口。

◆　◆　◆

道反守護妖寃，在無邊無際延伸的一片黑暗中滑翔。

內親王脩子的魂虫，在夢殿的某處。只要從黃泉被解放出來，就一定能找到魂的波動。

嵬有這樣的自信。

但是、可是，不知道為什麼，進入夢殿後，不論它怎麼聚精會神都找不到脩子的魂。無影無蹤，只能用憑空消失來形容。

『唔唔唔……內親王的魂虫在何處……！』

邊用雙翼啪吵啪吵拍打著風邊低嚷的嵬，非常焦躁。

這裡靠近夢殿的盡頭。道反守護妖嵬，可以自由出入人界與夢殿，但是，來到盡頭，情況就有點不一樣了。

夢殿的盡頭是與黃泉之間的境界。生者不能進入黃泉，即便是非人的守護妖，只要有生命，也無法逃脫這個道理。

更何況，嵬是道反的守護妖。擋在黃泉與現世之間的大磐石，對黃泉之鬼來說，是阻擋去路的可恨存在。所以，在黃泉之鬼眼中，嵬也是不折不扣的敵人。

拍著翅膀往盡頭飛去的嵬，緊緊閉起鳥嘴。

吹來的風夾雜著微弱的波浪聲。夢殿與黃泉之間的境界，水波蕩漾，冰冷的浪濤會滾滾翻騰，可見非常靠近盡頭的盡頭了。

都來到了這裡，卻還是找不到內親王脩子的蹤跡。太過焦慮的嵬，開始心生困惑。

道反公主風音告訴嵬的話，絕不可能有錯，然而，現狀就是找不到魂虫的氣息。

岩門的確開啟了，放出了許許多多的光芒。嵬親眼看見，應該是從黃泉逃出來的無數魂虫，出現在人界。

唯獨不見應該在裡面的內親王脩子，難道——

『難道又落進黃泉大軍手裡了……』

如果是逃脫後又立即被捕，就能說明為什麼完全找不到蹤跡。

『怎麼會這樣……！』

想像最糟狀況而方寸大亂的嵬，甩甩頭硬是甩掉了灰暗的心情。

就算陷入那種狀態又怎樣？再把內親王的魂虫從黃泉大軍手上搶回來，逃過追擊，送回風音那裡不就行了？

『即使因此喪命，也一定要送回公主那裡……嗯？』

抱定決心鼓舞自己的嵬，察覺風中含有特殊的氣息。

碰觸到嵬的翅膀的氣息，不盡然是生者，但又跟黃泉之鬼不一樣。嵬非常熟悉這個氣息，那絕不是有生命之人的氣息，卻極為接近生氣。

是不同於黃泉之國，也不同於根之國底之國的死亡世界——冥界——的人散發出來的氣息。

『是冥官？不，不可能……』

即使是冥官，也很難進入黃泉。而且，不開啟聳立在道反聖域深處的千引磐石，也不可能下去黃泉。

位於道反聖域的千引磐石，是聳立在黃泉津比良坂頂端的黃泉出口。或許可以從位於這世間某處的黃泉入口進入，但是，剛才陰陽師已經把通往入口的路封住了。

難道是在寃不知情的狀態下，又鑿穿了新的路？或者他是混在黃泉妖魔群裡，快到入口了？

無論如何，的確有冥府相關的人來到了夢殿的盡頭。

『冥官，你到底來幹什麼……！』

低嚷的寃眺望遠處，看到遠方黑影幢幢。

拍打翅膀加快速度的寃，從一群圍成糰子狀的黃泉之鬼的頭頂上飛過去。

『唔！』

感覺經過時瞥見一眼的群鬼下方，有隸屬於冥府的人的氣息，還有不應該在這裡出現的女巫的氣息，寃大吃一驚。

「裂破！」

鬼群隨著聽似怒吼聲的咒文，被抛向四面八方。毋庸置疑，爆發的是靈力。

大大盤旋俯瞰的寃，又被另一個景象嚇到。

在那裡的竟然是它想忘也忘不了的男人。

『臭小子……』

還來不及思考就先脫口而出的低嚷聲，扎刺著寃自己的耳朵。

沒錯過那聲低嚷的男人，抬頭仰望，與守護妖四目相對。

男人瞠目結舌。嵬不會忘記那張臉，就是那個男人把第二個頭移植到它身上，不讓它說話，還在風音體內烙下謊言與憎恨。

『哼！』

嵬的雙眸因激動而燃起熊熊怒火。狹路相逢，那個男人死定了。

『臭小子！』

男人注視著勃然大怒的嵬，在它發出怒吼的瞬間開口了。

「你來得正好！」

『看……?!』

大大張開雙翼，正要擊出妖力漩渦的烏鴉，還沒喊出看招，氣勢就弱掉了。

『啊……？』

氣得發抖的嵬，突然發現一件事。大群黃泉之鬼正以半圓形圍住男人，步步逼近。

他並不是智鋪宗主。現在嵬也知道，以前是黃泉之鬼附身在陰陽師榎岦齋的遺骸上。操縱風音的是附身在遺骸上的黃泉之鬼，而不是陰陽師榎岦齋。在理智上，嵬都知道。

它都知道，但是，知道歸知道。過了這麼久再遇上那張臉，還是很難不產生憤怒、憎惡。

過去種種頓時浮現腦海，剛剛弱掉的憤怒火焰再度燃起。岦齋邊用刀印對付黃泉之鬼，邊對它說：

「道反守護妖，我有件事要拜託你！」

『我拒絕！』

聽到斬釘截鐵的決斷，岦齋瞪大了眼睛。

「咦咦?!你都還沒聽我說呢。」

『我才不聽你說！嗯……？』

冷冷回嗆的嵬，皺起眉頭。

以右手的刀印對付鬼的攻擊的岦齋，左手抱著裹在漆黑布裡的大東西。

屏氣凝神的嵬，半眯起了眼睛。剛才感覺到的非人女巫的氣息，正從那塊布裡溢出來。

「速速退散、急急如律令！」

岦齋用咒文擊退從三方同時飛撲過來的鬼，嵬留意到他稍微搖晃了一下。

那裡呈現混戰的局面。岦齋背對波浪，黃泉之鬼以他為中心圍成半圓形。可怕的東西並排在漆黑的水底，等著被逼入絕境的岦齋筋疲力盡地沉入水裡。

沒錯，它們在等他筋疲力盡。

嵬把視線拉回到岦齋身上。邊小心掃視包圍自己的敵人邊調整呼吸的男人，臉色難看到好像隨時會倒下去。

冰冷的水冒出無數的泡泡，爆裂消失。泡泡不停地、不停地冒出來。從水底冒上來的那些泡泡，就是黃泉之風。

這裡的深水是盡頭的分界線。泡泡會不斷爆裂排放出風，恐怕是因為在夢殿裡，這裡也是黃泉陰氣最重的地方。

嵬終於想到，身為守護妖的自己，長時間待在這裡，妖力和生氣也會被削弱，危及生命。

那個男人已經死了，不過是因為有冥府的庇護，才能保有跟生前同樣的心和靈力。暴露在這樣的陰氣裡，若是失去生氣和靈力會怎麼樣呢？

既然跟冥府有關係，就不會墜入黃泉，也不會被拖進黃泉。

但是，就只是這樣。以前好像聽說過，在冥府自甘墮落為鬼的人，當力氣用罄就會直接消失，連成為鬼後的遺骸都不會留下。

那麼，豈齋也是那樣吧？當力氣用罄，就會直接──。

「嗡、吧佐洛、哆罕吧啞索瓦卡！嗡吧喳啦基呢哈啦嘰哈塔啞、索瓦卡！嗡奇利奇利吧塞喳啦溫哈塔……！」

詠唱聲轟隆震響，黃泉之鬼慘叫著崩潰散去。

幾乎沒有聚集成群的鬼了。

肩膀劇烈地上下起伏的豈齋，快速掃視一圈，心想只差一點點了。

就在這一瞬間，緊繃的神經突然斷線了。

「唔……！」

突然，腰部癱軟，膝蓋猛然彎曲。失去平衡而跪下去的膝蓋，啪吵濺起冰冷的飛沫。

岦齋屏住了呼吸。原來是不知不覺走進了水裡，才會突然全身無力。

鬼發出來的歡欣鼓舞的低吼聲，敲打著岦齋的耳朵。當他抬起頭時，鬼已經逼近眼前，來不及結刀印了，他心想這下完了。

就在岦齋死心斷念的瞬間。

『受死吧！』

伴隨著怒吼聲擊落的妖力，粉碎了鬼群的餘孽。

嵬邊撥開隨黃泉之風散去的鬼的殘渣，邊降落在岦齋的肩上，橫眉怒目地說：

『蠢貨，怎可如此輕言放棄！』

「說得也是，太沒面子了……」

擠出僅存的力量站起來的岦齋，喳噗喳噗踩著水從波浪走上來，喘了口氣。

感覺身體突然冷了起來，岦齋輕輕咬住嘴唇。腳好沉重，手和身體也沉重到必須拚命使勁才能動，宛如別人的身體。

岦齋邊試著放慢呼吸邊往後瞄，看到陰氣從水底冒上來。

很快又會出現新的妖魔，然而，岦齋的靈力快用完了。

岦齋有了覺悟，已經不可能抱著齋閃避鬼和妖魔群的攻擊，逃離這裡。

他把用衣服包住抱在腋下的齋，輕輕放在地上，直視著烏鴉說：
「拜託你，把這孩子帶回人界。」
『這孩子？』
豈齋打開漆黑的布給詫異的嵬看。
嵬疑惑地瞇起眼睛往裡看。仔細一瞧，到處裂開的破破爛爛的衣服裡，竟然包著一個憔悴的嬌小女孩。
嵬眨眨眼睛。
『這是……』
忽然，豈齋的表情緊繃起來。
背後的波浪異常高漲，大大的水泡接二連三浮現，不斷發出爆裂聲。
連嵬都感覺到，有無數的陰氣團從水底不斷冒出來。
『新來的？』
「幫我把這孩子……帶去人界的伊勢……海津島。」
豈齋小心剝去包著的衣服，抓住齋的雙肩，把她扶起來。
「走，這裡我來防守。這隻烏鴉就像神使，跟著它就能回家。」
一直緊閉雙唇低著頭的齋，緩緩抬起頭，詫異地望著豈齋。留下幾道淚痕的消瘦臉頰沾滿塵埃，髮絲也凌亂不堪，毫無光澤。
原來失去生氣，肌膚和頭髮也會受損呢。想到這種場合不該想的事，豈齋不禁苦笑起來。

看著齋對自己做的事感到害怕的雙眸，豈齋平靜地對她說：

「放心，聽我說。」

豈齋用力抓住齋的雙肩。

「既然知道自己做了什麼，覺得害怕、覺得後悔，就知道該怎麼做才能贖罪、該怎麼做才能抵罪，不是嗎？」

「……」

微微發抖、無言地回看豈齋的齋，新的淚水從眼睛裡滑落下來。

「放心，只要活著，就可以重新開始。」

豈齋用手催促齋快走。嵬心領神會，飛到齋的肩上，用翅膀指著遙遠彼方。

『就是那裡，頭也不回地往那裡跑。』

淚水盈眶的齋，交互看著豈齋與嵬。豈齋發現她猶豫不決，難以行動。

駭人的陰氣衝破水面冒出來，已經沒有時間了。

「啊！還有！」

『什麼啦！』

嵬激動地轉向突然大叫的豈齋，看到一個白色的東西被推到眼前，頭反射性地往後縮。

「這個也拜託你。這個……呃，交給曠世大陰陽師應該就可以了！」

是大小剛好可以塞進手掌心的白繭。看到白色蝴蝶的身影瞬間與白繭重疊，嵬吊起了眼梢，心想這難道是——

『啊……！』

怎麼會這樣，這不就是自己正在搜索的內親王脩子的魂虫嗎？

『原來是你這小子藏起來了！』

對嵬勃然大怒的氣燄感到疑惑的豈齋，戰戰兢兢地點著頭說：

「是、是啊，是我藏起來了……可是，你幹嘛這麼生氣？」

『我來這裡就是為了找這隻魂虫啊！』

「是嗎？那麼，能交給你太好了，太好了、太好了。可見我們會在這裡相遇，也是很深的緣分，所以，這孩子也拜託你了。」

滔滔不絕一口氣把話說完的豈齋，對氣燄大減無言以對的嵬和齋抿嘴一笑，往後退一步，用刀印橫向畫出一直線。

「禁！」

豈齋與齋之間築起了一道靈力保護牆。

嵬倒抽一口氣。那道牆也太脆弱了，嵬的翅膀一揮就能輕易破壞。

看到背向兩人的豈齋聳肩縮背，嵬就明白了。這個男人已經沒有力氣跟自己和齋一起逃離這裡了，築起紙糊般的保護牆給敵人看，只是為了讓敵人誤以為必須擊敗術士、破解法術，才能追得上齋。

『他要用自己當餌……』

聽到嵬的喃喃自語，齋愕然張大眼睛。

「啊……」

就在齋出聲的瞬間，無數的鬼濺起飛沫跳出來，襲向了岦齋。

「唠、溫、塔拉庫、奇利庫、亞庫！」

結印的岦齋高喊，靈術便炸開了。但是，很脆弱，發揮出來的效力只能把鬼群彈飛出去。

「陰陽師……」

齋把雙手貼放在保護牆上。

「走！快走！」

岦齋頭也不回地怒吼，齋高聲尖叫：

「不！我……」

剎那間，齋的耳邊響起一個聲音。

——我很快要回去了，但是……

「……」

齋張大了眼睛。遺忘許久的話，從遙遠的記憶深處湧上來，閃過腦海。

——如果覺得怎麼樣都很難過，無法承受……

「昌……昌……」

妖魔發出震耳的咆哮聲，成群的黑影蓋住岦齋，就快壓垮他。

——可以尋求協助。

「浩……」

嵬橫眉瞪眼。名字是最短的咒語，在這種地方叫喚，不知道會發生什麼事。

『別叫了！可以叫他……』

小子、毛孩子、半吊子、安倍家的小鬼頭、還有還有——

『那個陰陽師的孫子！曠世大陰陽師的孫子！』

就在掩蓋齋的叫喚聲的大嗓音響起時，從妖魔群湧出來的水裡噴發出強烈的靈爆。

把水捲進去的狂亂爆裂，把妖魔群炸得七零八落，彈飛出去。

大約間隔一次呼吸的時間後，一個溼透的身影突破水面冒出來。

「噗哈！好難過……」

邊強烈咳嗽邊搖搖晃晃從水裡走出來的昌浩，不悅地挑起眉毛低嚷。

「不管是誰，不要叫我孫子！為什麼連來到夢殿的盡頭，都要被叫孫子呢？我不能接受！」

『……』

嵬一臉木然，這時被築起的保護牆的波動，突然從它眼前消失了，因為岦齋的靈力終於用罄了。

層層交疊覆蓋的妖魔消失後，那裡出現虛弱地癱倒在地上的豈齋，手上抓著勉強還剩下衣服形狀的破破爛爛的布。

嵬輕輕飛起來，往昌浩頭上移動。

「哇……嵬……」

環視周遭的昌浩，看到齋，先是鬆了一口氣，表情緩和下來，隨即又瞪大了眼睛。

「咦，陰陽師大人?!」

齋跌跌撞撞地跑過去，搖搖豈齋，發現他微微呻吟，眼皮震顫，還有氣。

豈齋緩緩抬起眼皮，無法聚焦的眼珠子轉了好一會，才對準了昌浩。

「喔……好久不見……」

聽到傻裡傻氣的聲音，昌浩差點虛脫，勉強穩住。

「好久不見……陰陽師大人，你怎麼會在這裡？」

豈齋半瞇起眼睛，反問疑惑的昌浩：

「怎麼沒說很厲害？很厲害呢？」

「你們兩個——快點回人界。」

昌浩不理會豈齋，催齋和嵬快走。自稱「很厲害」的陰陽師，滿臉不悅。

「你真的是那傢伙的孫子呢……」

邊吆喝邊勉強站起來的豈齋，深深喘口氣，指著水濱說：

「喂，那個陰陽師的孫子。」
「啊?!」
昌浩反射性地發出低沉可怕的聲音，嵬收起翅膀張嘴說：
『別找他碴嘛，那個陰陽師的孫子，在這裡最好別叫名字。』
「……」
昌浩很不情願地閉上了嘴巴，岦齋對他苦笑，淡淡地接著說：
「那裡的水是黃泉與夢殿之間的境界，水底深處有喪葬隊伍通過的路。」
昌浩收斂表情點點頭。感覺不只是因為全身溼透而引發的強烈寒冷，纏繞著昌浩的身體，風一吹就會奪走體溫和靈力。
水裡、空氣裡，都瀰漫著濃濃的陰氣。
黑色水面現在也持續咕嘟咕嘟冒出大泡泡，爆裂、濺起飛沫。
「把這裡關上，就能斬斷黃泉之鬼出來的所有道路。我來斬斷，你帶著這孩子回人界的伊勢。」
昌浩屏住了呼吸。這個水底下，有通往黃泉的路。
「黃泉……入口……」
無意識的低喃從昌浩嘴巴溢出來。瞬間詫異地瞇起眼睛的男人，很快露出理解的表情。
「啊……說得也是，黃泉入口……」

岦齋欲言又止，驚訝的昌浩以快哭出來的眼神回看他。
不知道為什麼，這個人也知道哥哥的遺骸就在那裡。
還知道水底那條通往入口的路，一旦封死了，就再也找不到哥哥了。
「活著的人不能去那裡喔。」
這句話的嗓音聽起來不像是告誡，倒像是在安撫小孩子，昌浩咬住了嘴唇。
岦齋露出強忍悲痛的表情，注視著昌浩。
魂虫被解放後還沒經過多少時間。
也就是說，沒多久前他才斷氣，在那之前都還活著。
時間還沒經過太久，現在來得及把他帶回人界，說不定還能活過來。
即使不行，只要宿體沒事，也能靠泰山府君祭或返魂術，讓他死而復生。
不過，需要替代他的生命。
「……唔……」
岦齋感受到昌浩的強烈掙扎。
昌浩是陰陽師。因為是陰陽師，所以會抱持希望。因為是陰陽師，所以不會拋棄希望。
響起更響亮的咕嘟聲，泡泡破裂彈開。飛沫四濺，波浪洶湧。不知不覺中，水面開始不斷捲起漩渦。
岦齋察覺有陰氣團從水底深處湧上來，輕拍昌浩的背，說：

「對不起，我要封鎖了。」

平靜地宣告的豈齋，走向水邊。注視著他的昌浩，忽然皺起了眉頭。

他覺得豈齋的背影搖晃了一下，而且，調整呼吸的肩膀看起來很孱弱。

昌浩想起豈齋是死人，生氣比是活人的自己少了許多。

他邊保護齋邊與黃泉妖魔對峙，究竟在這裡待了多久？在濃得可怕的陰氣裡待了多久？

連昌浩都覺得光待在這裡，生氣就馬上被削弱了。

他不假思索地抓住豈齋正要結印的手。

「嗯？」

「我來……」

「咦？」

豈齋顯然很困惑，昌浩更使勁抓住他的手，又重複說了一次。

「我來……我來斬斷通往黃泉的路。」

「你只要稍微有點猶豫就別做，不能有絲毫的破綻。」

「我會連同猶豫一起斬斷。」

昌浩毅然決然地說。豈齋注視著他的眼睛，嘆口氣，往後退。

豈齋大可說出一番大道理，讓昌浩退出，但是，他選擇如昌浩所願。

因為他認為，不在場的好友一定也會這麼做。

不讓昌浩做，這件事會一直卡在昌浩心裡，哪天導致無法挽回的大失誤。既然不能斷念遺忘，只好全力拋開。

豈齋在心裡嘟囔：因為那傢伙向來對他人很寬容，但對自家人很嚴格。

昌浩瞪著咕嘟咕嘟劇烈冒泡的水面，調整呼吸。

以前，他曾撬開次元的縫隙，連結通往其他界的道路。要斬斷已經存在的道路，就是使用與那次相反的訣竅。

他要斬斷在水底開闢出來的通往他界的道路，把黃泉之風推回去，再徹底塞住開啟的洞穴。

他從衣服上緊緊握住掛在胸前的勾玉。這次，使用坐鎮在黃泉之門的神的力量，再適合不過了。

他拍手合十，閉上眼睛。

「恭請奉迎——」

他邊感受勾玉散發出來的波動逐漸增強，邊想著某天見過的千引磐石。

大磐石隔開了兩界，阻擋在黃泉津比良坂的頂端，是從神治時代以來長期阻擋、抵禦黃泉大軍的神的模樣。

用來斬斷道路的替身，是昌浩記憶中的千引磐石與道反大神的神氣。

原本快冒出來的黃泉大軍的恐懼模樣，閃過昌浩的腦海。他以刀印結四縱五橫印，把黃泉陰氣推回去。狂捲的風與鬼群被驅逐到彼方，排列在水底下的無數的四縱五橫印形成封鎖。

大到足以覆蓋那所有一切的大岩石身影沉入水底，響起低沉的地鳴聲。

被注入的勾玉的力量驟然中斷。

昌浩宛如要把肺部清空般深深吐口氣，再慢慢抬起眼皮。

在塗上一層漆般的寂靜中，黑色的水不斷向前延伸擴展。完全靜止的水面，沒有波紋也沒有泡泡。

昌浩內心也如那片水面平靜無波。

不論這一切會以何種形式結束，當那天到來時，昌浩一定會在心底深處哀悼哥哥，為哥哥哭泣。

在可以盡情哭泣之前，他會把悲傷、思念都埋藏在心底深處。

——拜託你了……

會聽到哥哥臨終前的聲音，一定是錯覺。

昌浩細瞇起眼睛。

「好……」

那是誰也聽不見的只有氣息的回應，他感覺哥哥滿意地笑了。

10

他們無聲無息地回到了充滿靜寂的地方。

站在橫躺的昌浩與齋兩側的紅蓮與益荒，同時往下看。

昌浩強烈地震動眼皮後，猛然爬起來。

「齋呢?!」

紅蓮以眼神示意激動的昌浩。

看到睡在旁邊的齋，昌浩鬆了一口氣，屏息窺探她憔悴的臉龐，發現她蒼白的眼皮微微震顫。

「齋小姐……!」

單腳跪地的益荒擠出聲音叫喚，齋慢慢地轉動視線。

像是在尋找什麼，又或者是在追逐什麼的徬徨眼眸，好不容易才聚焦。

「……」

淚水從眼角簌地滑落。齋把手伸進交領裡摸索，拿出白色的繭。

仰望著昌浩的齋，把繭遞出去。昌浩點點頭，接過繭，望向紅蓮。

「紅蓮，這是守直大人的魂虫……」

似乎是叫到名字，就解開了咒語。繭忽地消失，出現了白色蝴蝶。張開的翅膀上，浮現閉著眼睛的守直的臉。

生氣枯竭虛弱無力的魂虫，被默默放到紅蓮伸出來的手上，就與軻遇突智的神氣殘渣碰撞出火花。原本千瘡百孔快要潰散的翅膀，頓時亮光環繞，變得生氣勃勃。白色蝴蝶開闔強勁的翅膀，輕盈地飛了起來。

昌浩鬆了一口氣，這樣回到宿體就沒問題了。

魂虫翩然往下飛，停在非常靠近齋的臉頰的地方。

感覺到魂虫對齋的擔心，昌浩心中湧現一股暖意。

「紅蓮，把守直大人帶回宿體。」

「你呢？」

昌浩抬頭望著柱子，對疑惑的神將說：

「我要向地御柱的污穢施咒。」

轉眼一看，齋正在益荒的扶持下爬起來。

雖然搖搖晃晃但已能自己站起來的齋，臉色蒼白地仰望地御柱。

她的呼吸快而短淺，微微顫抖。

「齋小姐……」

她對擔心的益荒默默點頭，一步一步走向柱子。

越靠近，恐懼越揪住齋的胸口。

乾燥的岩石表面到處龜裂，開始變形，變得就像一般的岩壁。

齋感到強烈的暈眩。

會變成這樣，都要怪自己。是被黃泉妖魔欺騙，改祈禱為詛咒的自己，讓國之常立神淪為如此慘不忍睹的模樣。

都怪向神祈禱的玉依公主，都怪從上一代接下這個任務的自己。

「……」

齋打從心底戰慄。

神會允許嗎？會允許罪孽深重的我靠近祂嗎？會允許我獻上祈禱嗎？

神會原諒身為獻上祈禱的玉依公主，卻詛咒了神的愚蠢的我嗎？

不會、不會、不會，我太愚蠢，神不可能原諒我，我已經沒有資格祈禱了。

望著仰之彌高的柱子，齋突然動彈不得，有種被傲然俯瞰的感覺，害怕得瑟縮起來。

神啊，快點定我的罪吧，神啊，請允許讓我以命贖罪——。

「——……！」

益荒想衝到呆呆佇立的齋身邊，被昌浩拉住。

「紅蓮，拜託你了。」

昌浩瞥一眼守直的魂虫，神將露出很不情願的眼神，但還是把白色蝴蝶握在手裡，往上面走。

昌浩用眼神告訴益荒「交給我」，謹慎地跨出步伐。

走到齋的身旁，把手搭在她抖個不停的小小肩膀上，她的肩膀就突然劇烈顫抖起來，讓昌浩大吃一驚。

昌浩知道她在夢殿做了什麼。

不知有多受傷、有多強烈地苛責自己呢。

光想到這樣，昌浩就心如刀割，不知如何是好。

以前，昌浩曾對齋說過，如果覺得怎麼樣都很痛苦，無法承受，可以尋求協助。

當他與齋同調，追尋她的魂魄時，的確聽見了呼喚自己的聲音、聽見了尋求協助的悲痛聲音。

昌浩仰望著地御柱，開口說：

「祓除污穢是陰陽師的任務。」

緊繃著臉瞥一眼昌浩的齋，嘴唇忽地震顫起來。

他所說的「污穢」，究竟是誰的污穢？

從仰望著地御柱的昌浩搭在齋肩上的手，傳來一股暖流。

感覺那股暖流也支撐著齋因畏懼自己的罪孽而瑟縮的心。

「我祓除污穢後，妳再祈禱。」

昌浩把手從齋的肩膀放下來。

向前一步，走到齋前面，拍響兩次手。
撕裂靜寂般的聲音，無邊無際地繚繞迴響。
益荒感覺原本充斥現場的死亡般的靜寂，都被拍手聲祓除了。
雙手合十的昌浩閉上了眼睛。
他不是很確定，只能臆測讓這裡陰氣瀰漫的黃泉妖魔，是把扭曲空間的拍翅聲當成了咒語。
黑虫的拍翅聲，也像是走樣的音調，會挑動心的不安，讓人傾向陰。
人心很容易被微不足道的因素困住，沾染陰氣。讓嫉妒、寂寞、悲傷、憤怒、憎恨等任何人都會有的情感，膨脹到極點，不正常地成長，直到有一天自己都控制不了。
負面的想法會轉為咒語，正面的想法會衍生出祈禱。
語言也一樣。昌浩腦裡浮現的是，黃泉女人在嘴裡哼唱的數數歌。
那首歌帶來了喪葬隊伍。聽說齋就是被困在那個喪葬隊伍裡，邊走向黃泉邊詛咒。
那麼，必須唱誦解除那個詛咒的歌。
雷鳴在遠處轟隆作響，那應該是劃破覆蓋海津島的烏雲的紅色雷電。
雷電震怒，瘋狂地嘶吼著「住手」！所以，昌浩絕不能在這時候停下來。
據說八雷神是在神治時代，從落入黃泉的伊奘冉的屍體生出來的。

那是雷、是嚴靈、是恐怖兇猛的妖魔。陰神又稱為鬼，也就是黃泉之鬼。地御柱被黑虫覆蓋了；齋被陰神附身了。

既然沾染了污穢，就把污穢祓除，為地御柱祈禱、為玉依公主祈禱。

「——諸多悲哀、痛苦、寂寞……」

齋睜大了眼睛。那是天之數歌，聽說由陰陽師來唱，具有把快消失的生命拉回來、振奮人心的力量。

齋感覺被恐懼戰慄擊潰而瑟縮起來的心，似乎被歌刺激得震顫起來。

不知不覺中，齋的淚水撲簌撲簌掉下來。她不知道自己為什麼淚流不止，拚命想忍住也忍不住，淚水不停滑落。

「嗚……」

彷彿正在進行淨化儀式，感動到流淚，心情逐漸平靜下來。一直冰冷凍結的某種東西融化，從齋的體內流出去了。

昌浩哼唱的數數歌散發出來的言靈，響徹每個角落。莊嚴的歌薰染了地御柱、薰染了齋的心。

「晃啊晃，搖啊搖……」

歌唱完了。

剎那間。

宛如普通岩石的地御柱，發出了微微的亮光。

◆　◆　◆

昌親端坐在環繞竹三条宮主屋的廂房裡，忽地眉頭緊蹙。

十二神將勾陣突然在他旁邊現身。

「這是……」

就在他張口的瞬間，視野被染成一片鮮紅色，強烈的耳鳴襲來。

「哇……！」

摀住耳朵大叫的昌親，聽到在耳朵深處嗡嗡迴響的聲音，皺起眉頭環視周遭。

這是次元狹縫開啟時，會引發的現象。

忍了一會後，耳鳴慢慢消失，視野也恢復了原狀。

「爺爺，剛才……」

昌親掀起竹簾，壓低嗓音叫喚待在床邊的祖父時，發現主屋的空氣捲起了漩渦。

「爺爺！」

原來開啟的次元狹縫是在主屋。慌忙想衝向祖父的昌親，看到房間中央位置的空間歪斜扭曲，不由得停下腳步。

是他界的風相互撞擊而產生的波動，差點撞倒了帳幔架、屏風，幸好勾陣事先察覺，繞過去扶住了。

捲起的小小龍捲風逐漸平息，在開啟次元狹縫的地方，出現一個小黑影。

昌親張大了眼睛。烏鴉頭腳顛倒，拍著翅膀掙扎。

「嵬大人……！」

黑色烏鴉使勁扭轉回來，在晴明膝前著地。

端坐的晴明雖然驚訝，但仍然保持冷靜，開口說：

「嵬大人，您平安……」

『呼，嗯，我平安回來了。』

烏鴉很吃力地回應後，把鳥嘴往後仰。

晴明眨了眨眼睛。烏鴉的脖子上，用白色絲線纏著一個橢圓形的小東西。

「那是……」

晴明猛然倒吸了一口氣。

絲線悄然解開，消失不見。晴明發現白色橢圓形的東西，是跟絲線同樣顏色的小繭，不禁目瞪口呆。

熟悉的波動邊崩解邊散去。那的確是很早以前就已失去的、總是帶回來一堆麻煩的好事男人的靈力。

——晴明，收下……！

瞬間，晴明彷彿看見頭披破破爛爛的黑衣、力量用罄、搖搖欲墜到很沒出息的男人。

他直覺到，那個男人使盡了所有僅剩的力氣。

綻放光芒的白色蝴蝶，翩然飛向了他不由得伸出去的手。

「……」

老人茫然地注視著魂虫。白色翅膀緩緩開闔的蝴蝶，看起來非常虛弱，好像快要昏倒掉進晴明手裡。

「爺爺，拿去。」

昌親從旁邊遞給他的東西，是注入了軻遇突智火焰殘渣的星籠。

把籠子輕輕舉到上方，籠框就崩解了，磷光四散，灑落在魂虫上。

蝴蝶的腳震顫，翅膀變得緊實，白色光芒增強。浮現在翅膀上的臉龐更為清晰，閉著的眼睛抖動著緩緩張開。

魂虫在晴明手上把腳一蹬，翩然起飛，嗖地飛進了懸掛的床帳裡。

在躺臥的宿體上盤旋的白色蝴蝶，不知道為什麼降落到一個高度後，又拍振翅膀飛上去了。這樣重複好幾次後，蝴蝶顯得很困惑，邊搖搖晃晃地飛舞，邊不時瞥向他們，似乎在看晴明。

晴明和昌親不解地面面相覷。

「這是……怎麼回事呢？」

聽到昌親困惑的發問，嵬看著他們，皺起眉頭說：

『應該是想回去，卻回不去吧？』

「為什麼……」

『不要問我。』

烏鴉生氣地閉上鳥嘴，在鳥旁邊的晴明露出深思的眼神。

「昌親……你還有星籠嗎？」

「啊，有，還有很多。」

昌親把剩下的都拿出來，晴明拿起一個籠子，舉到脩子躺臥的宿體上方。

瞬間，磷光從崩解的星籠綻放出來，被脩子吸進去，床帳裡沉滯的冷空氣立刻被驅散了。

「——……」

原本動也不動的脩子，眼皮微微震顫。

在屏住氣息的昌親和晴明前面的嵬，突然全身羽毛倒豎。

『喔喔……！』

烏鴉猛然轉身說：

『公主剛剛回到自己的身體裡了！』

才剛吼完，嵬就從主屋衝出去了。它邊撥開傾瀉而下的雨，邊直直飛向烏雲密布的天空。

連晴明都啞然目送它離去，過了好一會才冒出一句：

「它是說……風音大人回到宿體了嗎……？」

回答他的是勾陣。

「是的，好像是那個意思。」

被嵬的氣勢震懾的昌親，把視線拉回床帳內，愕然大驚。

「爺爺，蝴蝶不見了！」

聽到驚慌失措的聲音，晴明趕緊回頭，發現魂虫雖然消失了，但是脩子的身體洋溢著清新的生命力。

「這是……」

在兩名陰陽師的注視下，脩子忽然大大吸了一口氣，原本只有微微上下起伏的胸膛鼓脹起來。她重複好幾次深呼吸，蒼白如紙的白皙臉頰、額頭，逐漸隨著深呼吸泛起紅暈。

不知道是在第幾次的深呼吸後，脩子突然咳了起來。

晴明和昌親都冒出一身冷汗，擺好陣式，心想難道是咳嗽的疾病？

但是，脩子只咳了幾次，把卡在喉嚨的什麼東西吐出來後，呼吸就穩定了。

可能是人類的身體，要花一些時間才能適應神的陽氣。

屏住呼吸凝視脩子的晴明，突然眨了眨眼睛。

「雨聲……停止……？」

「咦？」

回應的昌親立刻站起來，走到外廊。

他從屋簷下抬頭仰望昏暗的天空，發出了「啊」的叫聲。

依然昏暗、微暗。但是，原本被厚厚的烏雲籠罩，漆黑如夜晚的天空，可以看到很多地方淡淡地發出亮光。

而且，現在下的是如絲線般的毛毛細雨。可以清楚感覺到，雨勢正逐漸減弱。

眼睛眨也不眨地仰望著天空的昌親，忽然想到現在是什麼時刻呢？

陰曆五月半的黎明，大約是在寅時半。

感覺已經過了那個時刻很久，現在可能是卯時半或更晚了吧？無論如何，應該已經天明，太陽升起了。

昌親凝視著東方天空。曾經那麼強烈的雨停了，現在不是下雨而是飄雨。

可以清楚看見，覆蓋東方天空的雲，一點一點慢慢散去了。

不知不覺中，昌親抓住高欄的手更用力了。肩膀、手腕都緊繃起來，不由自主地屏住了呼吸。

凝視天空的昌親，大大睜開了眼睛。

東方天空出現了雲縫，金色光芒如用力撥開雲層般，從那裡照射下來。

「……！」

這時候，昌親明顯感受到，天照大御神的神威回到現世了。

「哥哥……！」

抓著高欄的手在顫抖的昌親，發出來的含混聲音，沒有任何人聽得見。

正在觀察脩子狀況的晴明，感受到陽氣迸發出來的溫暖波動。

晴明心想，高龗神擊落在十二神將騰蛇身上的軻遇突智火焰，很可能是貴船祭神在完全失去力量之前，所下的一種賭注。

結果紅蓮沒有被軻遇突智的火焰吞噬，勉強壓住了。儘管不完全，也算是勉強控制住了天津神的神通力量。高龗神贏得了這場賭注。

「軻遇突智……殺死了伊奘冉尊……」

說不定能阻止快完成的咒語，成為起死回生的一步棋。

「唔……」

吐氣聲掠過耳朵，晴明倒抽了一口氣。

躺臥的脩子的眼皮，微微顫動，慢慢張開了。

「……」

茫然飄忽的眼眸，終於看見身旁的老人，聚焦的雙眸點燃了亮光。

「晴……明……」

嘶啞的聲音讓晴明的胸口熱熱地顫動起來，慶幸沒有失去這個聲音。

「是……」

老人知道自己回應的聲音在顫抖，但假裝沒察覺。

「我……回來……了……」

脩子沒有說從哪裡回來，但是，她不說晴明也知道。

注視著晴明的脩子，眼眸波動搖曳，淚水從眼角滑落。

「晴明……別……管我……了……」

可能是久沒使用喉嚨，無法順暢發聲，脩子說得很痛苦。

「……」

晴明從她的唇型，讀出了只有氣息的不成聲話語。

她說我沒事了，去照顧父親吧，請你救救父親、救救父親的心。

在黃泉入口、在沉滯之殿、在夢境的盡頭，脩子看見了可怕的光景。

因為太可怕，所以哪天一定會忘記。但是，現在她全都記得。

「求求你……晴明……請……救救……大家……」

被死者困住心靈的人，會讓死者死而復生。

那是非常懇切的心願，但是，違反了世間條理。

脩子流著淚，伸出了使不上力的手。

晴明牽起她的手，用雙手包覆起來緊緊握住。

「公主殿下，我知道了。但是……」老人為難地瞇起眼睛說：「我的歲數有點大了……以後的事，我會託付給我的繼承人。」

脩子馬上知道他指的是誰。

「晴明……我很有眼光吧……？」

好不容易才擠出這句話的脩子，露出破涕為笑的表情。

驚訝的老人目不轉睛地看著脩子。

這才想起，脩子把昌浩當成了自己的私人陰陽師——皇上的第一公主御用的陰陽師。

「是的……我萬分佩服。」

◆　◆　◆

榎岦齋步伐蹣跚。

走路的樣子，就像隨時可能倒下去。

「好累……好累……」

他在嘴裡唸著不知道已經說第幾次的台詞，吐出把胸口全清空般的氣。還以為吐氣後會變得輕快些，卻感覺身體變得更沉了。

他走走停停，喘口氣再跨出腳步，走沒多久又停下來。

這樣反反覆覆的岦齋，對時間漸漸失去了感覺。

「我是……要去哪呢……？」

有點迷迷糊糊的他，環視周遭時，吹來涼快的風，拂過臉頰。

這道清爽的風，是從河岸吹來的。

「啊……是河川。」

對了，自己是要去河川；去只限某種人可以渡過的境界河川。

岦齋還不能渡過，不，不對，曾渡過一次，到對岸時被擊落河川。

那是很久以前的事了。但是，到現在都還能清楚想起，那條河川的水有多冷。真的非常冷，冷也就算了，還非常可怕。

「嗯，就是那樣……」

他邊點頭邊前進時，潺潺流水聲傳入了耳裡。

距離河川還非常遙遠，但是，這裡太安靜，再遠的聲音也聽得見。

真的很安靜，而且很暗。所以，在那個河岸等待的她，總是很緊張，聽到一點點聲音就會嚇得發抖。
他擔心她一個人會不會有事，總是偷偷去看她，沒讓她發現。
「……」
想到這件事，岦齋不禁苦笑起來。覺得自己很沒用，所以只能笑。
結果，這次沒能獨自完成冥官的命令。
因為有道反守護妖和好友的孫子的協助，才能勉勉強強完成，如果是自己一個人，一定會陷入最惡劣的狀況。
光想都覺得壓力好大，不知道心靈會被怎麼樣的痛罵狠狠刺傷。
「啊……又要挨罵了……」
「還是無法適應。」
唯一的救贖是，冥官的話裡並沒有惡意。很多只能說是罵得很精采的尖銳言刃，的確是刀刀直刺核心，毫不留情，卻不會留下陰影。
儘管被刺傷還是很痛。
神情黯然的岦齋，腳步從踉蹌變成更接近有氣無力那樣的形容詞。
披頭的衣服已經破破爛爛，變成「原形曾是衣服」的慘狀，只剩下勉強可以披在頭上的面積。
「多虧有這件衣服，我才能勉強獲救……」
若是沒有這件衣服，恐怕沒辦法從陰氣瀰漫的盡頭回到這裡，真不愧是冥官提供的東西。
用到變成破布，不知道會被罵到多慘，但也沒辦法了。
「唉……」
停下腳步深深嘆息的岦齋，耳裡傳來低沉的聲音。
「累了嗎？」
「哇啊！」
嚇得高高跳起來，大約退後三尺的岦齋，看到突然出現在視野裡的冥官的背影，真的是全身戰慄。
「啊……官吏大人。」
明明已經死了，岦齋卻覺得心臟撲通撲通狂跳。
背對他的冥官，看起來像是把雙臂合抱在胸前。
「情況如何？」
不悅的低嚷聲讓岦齋挺直了背脊。
「呃，獲得意料之外的戰力，玉依公主已經平安回到海津島。另外，內親王也順勢回到了人界。不過，內親王這件事……真的是偶然嗎？」
岦齋不禁懷疑自己說的話。
在陰陽師開啟岩門後被釋放的白色魂虫，出現在原本不該去夢殿那種特異場所的陰陽師面前。然後，在因為不可思議的機緣而出現的陰陽師的救助下，脫離險境，被送回人界的陰陽師那裡。

「是命運……是宿命……？」

豈齋不由得這麼說，但冥官依然背對著他，不以為然似地聳聳肩。

看著冥官的背影，豈齋苦笑起來。

果然如此。他早就知道了，從一開始、從很久以前就是這樣，有所期待就輸了。不管如何盡力、如何拚命完成任務，這位大人都不可能對部下說半句讚譽的話。

想起在夢殿強烈湧現纏繞的悲傷心情，豈齋只覺得哭笑不得。

從上風處吹來清新的風。豈齋瞇起眼睛，感受拂過臉頰的風。

儘管如此，還是很疲憊，前所未有的疲憊，現在也睏得不得了，恐怕一鬆懈就會倒下去。

但是，被看到那麼窩囊的模樣，事後會很可怕。起碼在冥官離開之前，必須踩穩腳步撐住。

然而，豈齋使出所有氣力，眼皮還是如鉛般沉重，就快完全闔上了，他心想糟透了。

「……」

不但想睡覺，頭還開始發暈。說是疲勞困頓，還不如說是嚴重過勞。

他知道昏倒被丟在這裡也是沒辦法的事，有所覺悟時，冥官突然說：

「榎豈齋——」

半恍惚的岦齋，花了一些時間才理解被說了什麼。
「啊……？」
稍遲，他才察覺自己竟然發出了提高語尾的輕率聲音，頓時臉色發白。
然後，隨之而來的驚訝更在那之上，讓他瞠目結舌。
岦齋死後，被冥官當成部下隨意使喚，已經度過了漫長的歲月。這個男人應該從來沒有叫過他的名字。
「……」
注視著他依然背對自己的背影，岦齋的心頭忽然浮現無法形容的騷動。
怎麼回事？總覺得，呃，不能對他有期待，心中早有覺悟——
現在卻有種預感，讓岦齋緊緊抿住了嘴巴。
「你做得很好。」
「……」
把所有注意力都集中在耳朵上，沒有錯過那句話的岦齋，感覺自己完全放鬆了。
眼睛發熱，視野搖晃，鼻子發酸，喉嚨哽咽。
啊，暈眩得厲害。膝蓋癱軟無力，再也站不住了。
但是，很高興可以在倒下去之前聽到那句話。
雖然心想可以當這位大人的部下真的很幸運，但絕對不會告訴他本人。

岦齋終於忍不住閉上了眼睛。

「……——」

背後響起布掉落的聲音。

冥府官吏望著黑暗彼方的河川方向，猛然瞇起眼睛，悄然轉過身去。

已經變成破布的冥府的衣服掉在地上。只有衣服掉在地上。

剛才還在那裡的男人已經不見蹤影。

彎下腰撿起衣服的冥官，眨了眨眼睛。

——無論以什麼作為交換、無論付出怎麼樣的犧牲，都要救回玉依公主。

敵人並不好對付，冥官也知道自己下達了嚴酷的命令。

但是，岦齋有勝算。

其他人或許做不到，但是，冥官深信，那個長年來被自己徹底磨練過的男人，一定能完成使命。

果然，如冥官所期待，岦齋做到了。但是，他本人可能想都沒想過自己被如此期待。

岦齋謙虛地說，不是只靠自己的力量。其實，道反守護妖和安倍昌浩，都是他自己帶來的命運。

成為死者渡過河川的豈齋，懊悔到幾乎瘋狂。犯下天大罪過的他，必須靠如此漫長的時間與重度勞力來贖罪。

豈齋在冥官的命令下做過的所有事，都可以說是用來彌補自身過錯的祓禊。

想替破破爛爛的衣服拂去塵埃的冥官，若有所思地停下了手。

這件衣服稍微施力就會碎裂消失，可以保持這樣的狀態，簡直是奇蹟。

儘管被派去做那麼危險的事，那個男人還是完美做到了。

「暫時會人手不足了……」

忽然，冥官心中閃過鄉愁之類的情緒。

以前，冥府給過他可以當成部下的人。但是，在他接受宿命時，把他們都遣散了，因為不想讓他們有任何負擔。

聽說那些人都實現了願望、達成了心願，心滿意足地消失了。

那之後，除非有特殊狀況，否則他從不收直屬的部下。

像榎豈齋那種存在價值只在於贖罪的人，非常非常稀有。

「什麼時候才會有下一個呢？」

言外之意透著苦惱的冥官，悄然轉身離去。

◆　◆　◆

臉色蒼白的齋，微微顫抖地仰望著地御柱。

陰陽師的歌成功去除了污穢。原本變得像普通岩石的地御柱，彷彿等待著力量再次湧現，正逐漸恢復雄風。

「齋……」

聽到有所顧慮的叫喚，緊繃著臉的齋僵硬地點點頭。

唸咒語只能祓除污穢，要讓地御柱完全復原，必須靠祈禱。

齋高高舉起了雙手。她的手腕肌肉僵直，伸出來的每根手指都抖得不像樣，冰冷到自己都有感覺。

她第一次這麼害怕。

上一代玉依公主化為光芒消失不見時，她也很害怕，但沒這麼害怕。

齋閉上眼睛，把力量注入喉嚨。

「神……」

天之天御中主神、地之國之常立神。

支撐這個世界、守護這個國家的兩柱神，請聽我的祈禱。

我願獻出罪孽深重的這個身軀、交還玉依公主的職務，只求祢們聽我祈禱。

所有聲音從齋周遭消失，氣息遠去。

她獨自站在耀眼的光芒中，一心一意、全神貫注地不斷祈禱。

莊嚴的言靈降落在專心祈禱的齋的腦海裡。

所謂祈禱，是為了自己之外的其他人。

為己之念非祈禱。若為自己，乃為欲望。

欲望將招來禍害。

獻給神的必須是祈禱，唯有祈禱能直達天聽。

「……」

淚水從她閉著的眼睛溢出來。

伸出去的手能感覺到風。中斷的神氣波動，即將莊嚴盛大地湧現出來。

白色光芒穿透眼皮，浸染了視野。

天與地充滿清淨的空氣。產生驅逐陰氣的神氣脈動，擴展到整個世界。

沒事了，有神在這裡。

鬆口氣的瞬間，齋感到輕微暈眩，站不穩，好像飄浮在半空中，整個人輕飄飄的。鬱積在體內的熱湧上來，彷彿要吞噬她的意識。

齋呼地吐口氣。

神應該會收下這個身軀、這條命吧。

想必神一定是允許自己交還玉依公主的職務，就此結束一切了。

齋的內心充滿了前所未有的安心感。

向神祈禱的重責，將由適合的新容器繼承。

「……」

就在這麼想的時候，高高舉起的手指碰觸到了什麼。

有個溫暖、柔軟的東西觸及齋的雙手，把她的手輕輕包住，散發出撲鼻的清爽芳香。

齋記得這個味道。

「……」

驚訝地倒抽一口氣的齋，肩膀微微顫抖起來。

是清涼甜美的香味。是在海津島綻放的花朵的香味。是如花香般令人懷念的味道。

覺得不可能的齋，拚命想抹去這個念頭。她無法相信，覺得不能相信。

難道忘了曾經被騙？忘了曾經被魅惑過？被那個身影、那個聲音。

然而——伴隨著拍翅聲出現的虛假替身，並沒有散發出花香。

更大的不同是，邪惡的東西不可能站在充滿神威的光芒中。

怎麼可能、怎麼可能？不可能，可是，說不定——

說不定從未失去過她，她只是化為光芒，以光芒的形式一直存在於那裡。

「……、……！」

齋鼓起勇氣睜開眼睛。耀眼的光芒射向眼睛，她用力撐起差點瑟縮起來的身體，挺直背脊。

佇立在眼前的白色身影，握著齋高高舉起來的手。

璀璨閃亮、綻放光芒的朦朧輪廓，用令人懷念的眼神，溫柔地注視著齋。

在光柱中的身影，是齋殷切思念、日思夜想、瘋狂想見到的身影。

因為化為光芒消失了，所以齋一直以為失去了她，從未發現她的存在。

「母……親……！」

原來母親一直存在於光芒中、祈禱中。祈禱時，玉依公主總是陪在齋身旁。

與玉依公主一起仰望光柱的齋，含著眼淚露出微笑。

被神威洋溢的美麗光芒填滿的齋，已經沒有任何遺憾了。

◆　◆　◆

11

之前雨一直下個不停，久到都忘記有多久了。

在竹三条宮服侍的侍女，注視著從雲間照射到京城的光芒。

心想原來陽光如此美麗、耀眼啊。

「公主殿下也醒來了……」

據藥師診斷，她雖然長期生病，身體衰弱，但已經不用擔心了。

生命垂危的脩子，終於復原了，讓竹三条宮又稍微恢復了活力。

不可思議的是，連原本無論穿多少衣服、放多少火盆，都還是冷得不得了的整座宮殿，都像是籠罩在讓人安心的溫暖裡。

「公主殿下是個太陽般的人呢。」

她不只是宮殿的主人，也是在大家心中點燃光亮般的稀有存在。

當然，也可能是這個侍女特別仰慕脩子，才會有這樣的感覺。

侍女走向廚房，想為她準備容易入口、有營養、好消化的食物。

命婦和其他侍女、家僕、雜役，都還因為重病待在各自的房間，但是，聽到脩子醒過來的消息，都流下了高興的眼淚。

正要從通往渡殿的轉角轉彎時，侍女撞到了突然冒出來的同僚。

「啊！」

「對不起。」

她對低頭道歉的女人說：「沒關係，小心點。」就直接走過去了。

沒辦法，大家一定都高興到心神恍惚了。

「……」

她發現原本高漲到想哼歌的心情，突然委靡了。

為什麼呢？她想到是因為撞到了人，有點痛。還有——

「那個聲音……聽起來特別陰森……」

在被雨打溼的渡殿途中，侍女突然駐足了。

「咦……？」

她眨眨眼回過頭看，外廊上已經沒有女人的蹤影。

「剛才……那是……」

喃喃自語的侍女，臉上逐漸失去血色。

「咦……」

剛才撞到的侍女，前幾天應該已經病逝了——。

吵吵。吵吵。

吵吵。吵吵。

端坐在波浪聲鳴響的祭殿大廳的齋，仰頭望著三柱鳥居。

「齋？」

聽到擔憂的聲音，她回過頭，看到滿臉憂慮地站在結界外的昌浩。

「妳不在上面，害我嚇一大跳，妳還好吧？」

齋不禁苦笑，因為那很像益荒和阿曇平時會說的話。

「我在感謝神……」

「這樣啊。」

昌浩聽出她短短一句話裡的百感交集，默默地點點頭。

齋在昌浩和益荒眼前，被耀眼的光芒包圍。

強烈的光芒太過刺眼，昌浩等人都不得不把臉背過去，所以都不知道光芒裡出現了什麼。

然後。

白光逐漸膨脹到圍住了地御柱，發出強勁激烈的彩虹光彩。

不知道經過多久，光芒終於平靜下來，換成強而有力的脈動從地底湧上來。

昌浩清楚感覺到，地御柱在脈動，把神氣推向了沉滯的地脈。

再回神時，齋就佇立在地御柱前了。

目瞪口呆的齋，看著自己的手心，喃喃說了一句話。

──母親接納我了。

說完，齋就倒下來了。大驚失色的益荒抱起她，離開了地御柱現場。

題外話，那時候昌浩完全被遺忘，被丟在現場。他是人身，不能自己從地御柱現場跳到三柱鳥居，但是，神使根本不管他。

是小怪看到益荒只抱著齋回來，才問他昌浩呢？

大吃一驚的太陰慌忙趕去迎接時，昌浩盤坐在柱子前，半瞇起眼睛遙望著前方。

無論發生什麼事，都不會改變原則的神使，太令人讚賞了。

「對了……守直大人醒了。」

昌浩是來通知她這件事。

不只守直，被削去神氣的阿曇、宮內神職們，也都靠小怪發出來的軻遇突智的磷光恢復生氣，一一醒來了。

守直多花了一些時間才醒過來。因為他曾被困在喪葬隊伍裡，被拉去了夢殿盡頭，還為了保護齋，使盡全力抵抗黃泉之鬼，所以很難復原。

「父親醒了？」

齋張大眼睛，慌忙從祈禱的祭壇下來。

身體還沒完全復原的齋，走得很慢，昌浩跟在她後面護著她，以防她踩空。

益荒和阿曇已經來祭殿大廳接她。看到神使們從兩側撐住齋，昌浩才對他們揮揮手，轉身離開。

齋和守直平時作為起居處的東棟嚴重損毀，所以，臨時在西棟設置了房間。跟度會禎壬和度會神官們的房間近在咫尺，原本很擔心他們之間的心結、隔閡，沒想到出乎意料之外，神職們都只是靜觀。

或許是因為陰氣被祓除，神威又復活了，所以，宮內人的心境也逐漸產生了變化。

走到外廊的昌浩仰望天空。

雨完全停了，厚厚低垂的烏雲都被風吹走了。

雲層變薄的東方天際，逐漸恢復藍色，從各處雲間照射下來的光芒，美到令人幾乎落淚。

雨終於停了，這個世界在千鈞一髮之際，終止了毀滅。

昌浩很想這麼相信。

「……」

然而，心中卻有個小小的陰影。

古代的詛咒並不是下雨。

而是一日千死、十日萬死。

充斥全國的死亡，究竟止住了嗎？

昌浩沒有那樣的真實感。

而且，還有一件事。

把視線轉移到下風處的昌浩，神情緊張起來。

風緩緩把雲吹走。那片烏雲是運載紅色雷電的陰氣凝聚而成的。

雲正飄向西方，出雲國伊賦夜之坂所在的西方。

心臟在胸口撲通撲通狂跳起來。

黃泉的岩門被打開了；入口處的岩門開啟了；通往那裡的路，在那樣的狀態下被封鎖了。

已經沒有人可以去沉滯之殿了。

已經沒有人可以關閉黃泉的岩門了。

想到這件事時，昌浩不寒而慄。入口是敞開的——那麼，出口呢？

「道反……」

位於雲前往之處的聖域，平安無事嗎？

隔著衣服握住懸掛在胸前的勾玉的手，逐漸發冷，呈現出昌浩的緊張。

◆　◆　◆

守護妖大蜘蛛滿臉不悅地蹲坐在道反聖域的瑞碧之湖旁。

它們是服侍道反大神的守護妖。除了大蜘蛛外，還有大蜈蚣、大蜥蜴，守護著位於聖域深處的千引磐石和道反女巫。

大蜘蛛的八隻眼睛瞪著水面，水底下沉著不共戴天的敵人。

可以趁現在，輕輕一扭就把他殺了。

『……』

大蜘蛛瞥一眼四對腳前端的銳利爪子，散發出可怕的氛圍。

「就是現在，不要猶豫，快下手！」的催逼心情，與正好相反的「這麼做公主會難過、會被討厭一輩子」的告誡心情，每天複雜地相互傾軋。

都怪這個傢伙悠閒地沉在這裡。真希望他快點醒來，這樣就能馬上把他趕出聖域，省得麻煩。

要安撫守護妖們的焦躁，那樣是最平和、最穩妥的辦法。

每天輪流來瑞碧之湖旁，都要先壓抑想殺死他的念頭，不斷掙扎，陷入焦躁、苦惱。

快點醒來、快點、快點，如果想被殺死，不醒來也行。

把殺氣騰騰的情緒投入海裡的大蜘蛛，感覺地面奇妙地震動起來。

『嗯……？』

它用八隻眼睛小心觀察周遭。

雖是不特別注意就不會有感覺的微小震動，但彷彿伴隨著低沉的重音，從地底湧上來。

『怎麼回事……』

感覺不對勁而低囔的大蜘蛛，沒有發現原本平靜的水面，有些許搖曳，掀起了小小的漣漪。

為了確認聖域有沒有異狀，大蜘蛛轉身離開了。

守護妖離開沒多久後，一個修長的身影浮上海面。

「——……」

在非常微弱的低吟聲中，十二神將六合緊閉的眼皮震顫起來。

◆　◆　◆

藤原敏次蹲坐在木門和板窗緊閉的房間前，背靠著木門。

雨聲不知何時靜止了。

從緊閉的木門後面傳來悲傷的聲音。

「喂，放我出去吧？」

敏次無言地搖搖頭。

「求求你……喂，我們聊聊吧，聊很多、很多事。」

指甲咯吱咯吱抓過木門的聲音，掠過敏次的耳朵。

「我們聊聊吧、聊聊吧。」

敏次再也忍不住了，滿面愁容地摀住耳朵。

「打開這扇門，讓我看看你，求求你。」

糾纏的聲音闖入已經搗住的耳膜。

「唔……！」

敏次差點叫出聲來，硬是吞了下去。那個聲音不斷對他說：

「我們聊聊吧，聊聊吧——敏次。」

我想告訴你，我為什麼可以死而復生。

後記

讓大家久等了，這是《少年陰陽師 平安篇》的《嚴靈篇》第五集。

從很久以前的階段起（具體來說是在《尸櫻篇》開始的時候吧），我就想好嚴靈篇要出六集，也照那樣組起了整體的構思。但是，萬萬沒想到，寫起來竟然這麼辛苦。

原本預計第五集會更早出版的。

真的是這樣。

那麼，為什麼前一集到這一集會隔這麼久呢——因為我寫不出小說。

這可不是什麼比喻，就是寫不出來。知道劇情、出場人物該怎麼寫，就是寫不出半點文章。

不只少年陰陽師，所有的小說都寫不出來。彷彿被關在白茫茫的黑暗裡五花大綁的狀態，持續了半年以上。

當我想擠出所有氣力來寫時，身體狀況卻惡化到難以置信的地步。即便這樣，我還是設法督促自己振作起來、努力寫！然而，就在我身心上都重新做好準備時，母親突然去世了。

很像我自己寫的故事裡的急轉直下的情節，卻是千真萬確的事實。

不論在故事裡，或是在現實裡，死亡都離我們很近。就在我們身後或身旁，近到一鬆懈自己也可能被帶走。

有種「啊——黃泉的出入口非關閉不可，必須寫完關閉的情節，否則會被拖進去」的真實感，執筆時幾乎都被困在焦躁和危機感裡。

在不太寫得出來的狀態下，忽然閃過「啊，這是現在想寫」的情節，就那樣找到了脫離白茫茫的黑暗的突破口。

是那個冥官和那個陰陽師救了我。

當時有很多的想法、思考，但現在不太想得起來。

只留下一種奇妙的感覺，彷彿自己度過的時間不是自己的。或許，不久後也能活用在某個情節裡。

也覺得可能是自己一直很努力、很努力、太過勉強自己，所以，被強迫休息。被什麼強迫？就是被某種什麼……

成為作家後，託大家的福，經過了漫長的歲月，所以，偶爾也難免會發生這種事吧？

對了，在作者面對故事，陷入焦慮、掙扎期間，《少年陰陽師　現代篇》已經決定在二〇二〇年二月搬上舞台了（咦?!）。還有，決定在《Princess月刊》（秋田書店）改編成漫畫了！（咦咦?!）

請懷著期盼雀躍的心情，到少年陰陽師官網或ＳＮＳ確認詳情。

不久前，我突然很想要翡翠勾玉，就買了系魚川市的產品。

我有幾個勾玉，都是紅瑪瑙或青石類。

這是第二次買翡翠勾玉。

與第一個勾玉邂逅，是在十多年前。

京都的新京極有一家店，販售水晶等的珠子，店深處有價格特別昂貴的翡翠工藝品櫃。這家店在好幾年前關閉了，現在沒有了。

當時，想買水晶的手鐲，一直沒看到中意的。我到處走，看到店就進去逛逛。

走進那家店的深處，看到排列在展示櫃裡的翡翠工藝品，我就定在那裡了。

是顏色有點淡，但品質好到無話可說的勾玉和其他工藝品。

其中，淡綠色的勾玉特別漂亮。從尾巴的圓潤度、到稍微殘留的刀削痕，都是我想要的，完全符合我的理想。但是，很貴。天然翡翠再加上手工精良，當然很貴。

店家也有販售水晶珠子，表示可以照我的意思現場做手環。

我煩惱再煩惱、斟酌再斟酌，選了最喜歡的勾玉，請店家幫我用珠子和勾玉做成手環。

那時我天天戴在身上呢。看到勾玉就很開心，感覺橡皮筋劣化了，就在斷掉之前換新的，非常、非常寶貝。

去出雲收集資料時也戴著。

我想應該很多人知道，出雲有個名叫「出雲勾玉之里傳承館」的設施，專門製作、販賣出雲型勾玉。

我在那裡看石頭和勾玉時，突然被人搭訕。

「好漂亮的勾玉啊！」

我轉頭一看，是設施的人正目不轉睛地盯著我的翡翠勾玉。

那個人說自己非常喜歡石頭，喜歡得不得了，喜歡到乾脆來這裡上班了。那樣的人竟大大讚賞我的勾玉說：「難得看到這麼漂亮的勾玉。」

我高興到暗暗在心裡對勾玉說：「被稱讚了呢，太好了。」

那之後經過了幾年。

某天，我把勾玉手環摘下來，放進包包裡的袋子，坐上電車，昏昏沉沉地打起瞌睡。

竟然夢見好幾年前，在「出雲勾玉之里傳承館」被稱讚翡翠勾玉的事，而且不可思議地清晰。

猛然醒來時，心想：「啊——那時候真的是被大大讚賞了呢，可是，為什麼會作這種夢呢？」不由得摸一下包包裡的袋子，發現裡面的勾玉手環不見了。

我搜遍了整個包包都沒找到。跟我去過的地方聯絡，請他們幫忙找，也沒找到。

我回到當天所有去過的車站，在走過的路上拚了命到處找，也去問了失物中心。

但是，沒找到，就那樣不見了。

傳說注入了真感情，器物就會有靈魂。所以，當心愛的東西損毀或不見，就是替我們承受了什麼。

如果真是這樣，勾玉是不是幫我帶走了什麼災難呢？在那個時候夢見的非常開心的夢，或許是用來替代告別吧。

我看著第二個翡翠勾玉，難過地那麼想。

大家覺得《嚴靈篇》第五集如何呢？

我邊寫邊沉浸在能如同呼吸般寫想寫的東西的幸福感裡。

期待下一回的故事再見了。

結城光流

國家圖書館出版品預行編目資料

少年陰陽師．伍拾伍，祈願之淚 / 結城光流著；涂愫芸譯．-- 初版．-- 臺北市：皇冠，2021.11
面；　公分．--（皇冠叢書；第 4987 種）（少年陰陽師；55）
譯自：少年陰陽師 55：まじなう柱に忍び侘べ

ISBN 978-957-33-3812-3（平裝）

861.57　　　　110016495

皇冠叢書第 4987 種
少年陰陽師 55

少年陰陽師——
祈願之淚

少年陰陽師 55
まじなう柱に忍び侘べ

SHONEN ONMYOJI Vol.55 MAJINAU HASHIRA NI SHINOBI WABE

作　者—結城光流
譯　者—涂愫芸
發 行 人—平雲
出版發行—皇冠文化出版有限公司
台北市敦化北路 120 巷 50 號
電話◎ 02-27168888
郵撥帳號◎ 15261516 號
皇冠出版社（香港）有限公司
香港銅鑼灣道 180 號百樂商業中心
19 字樓 1903 室
電話◎ 2529-1778　傳真◎ 2527-0904
總 編 輯—許婷婷
責任編輯—張懿祥
美術設計—單宇
著作完成日期— 2019 年
初版一刷日期— 2021 年 11 月

法律顧問—王惠光律師

讀者服務傳真專線◎ 02-27150507
電腦編號◎ 501055
ISBN ◎ 978-957-33-3812-3
Printed in Taiwan
本書定價◎新台幣 280 元 / 港幣 93 元